马国兴　王彦艳　主编

风铃鸟系列美文读物

乡间稻草人

文心出版社
·郑州·

图书在版编目(CIP)数据

乡间稻草人 / 马国兴,王彦艳主编. — 郑州 :
文心出版社,2016. 5(2016.6 重印)
ISBN 978 - 7 - 5510 - 1143 - 3

Ⅰ.①乡… Ⅱ.①马… ②王… Ⅲ.①小小说 - 小说
集 - 中国 - 当代 Ⅳ.①I247. 8

中国版本图书馆 CIP 数据核字(2015)第 213449 号

出版社:文心出版社
　　(地址:郑州市经五路 66 号　　　邮政编码:450002)
发行单位:全国新华书店
承印单位:河北鹏润印刷有限公司
开本:700 毫米×960 毫米　　　1 / 16
印张:12
字数:150 千字
版次:2016 年 5 月第 1 版　　　印次:2016 年 6 月第 2 次印刷

书号:ISBN 978 - 7 - 5510 - 1143 - 3　　　定价:30. 00 元

目录
Contents

清水塘祭 / 杨晓敏 001

青涩 / 刘建超 018

忆趣 / 刘建超 021

远逝的牛犄角 / 刘建超 025

猫 / 陈毓 029

佛手花 / 陈毓 032

剃脑袋 / 赵新 037

二乘以三得八 / 赵新 040

出息 / 谢志强 044

一件新衬衫 / 谢志强 048

马尾掸子 / 谢志强 052

蜗牛天使 / 王往 056

和沈小丫去洗澡 / 王往 059

去城里的亲戚家 / 王往 063

小亲戚 / 巩高峰 067

小伙伴 / 巩高峰 071

小老师 / 巩高峰 075

大麻脸 / 安石榴 079

乡间稻草人

黄婶子 / 安石榴 082

鸭舌帽 / 安石榴 085

从前的村子 / 包兴桐 088

野菜 / 包兴桐 101

端午 / 包兴桐 104

肉 / 连俊超 107

1986 年落雪时分 / 连俊超 111

1985 年的方便面 / 刘会然 115

乡间稻草人 / 刘会然 119

想念那些草 / 赵长春 122

河水冲走了一件花衣裳 / 赵长春 125

豆酥糖 / 周波 128

鸡蛋面 / 周波 132

放声大笑 / 周波 135

吃羊肉 / 邓洪卫 138

与牛五家吵架 / 邓洪卫 141

水库边的芍药花 / 非鱼 144

卫河 / 范子平 148

沙路 / 范子平 151

我家的黑眼儿羊 / 范子平 154

狗撵兔 / 崔永照 157

十二岁的油漆匠 / 何晓 160

野猪横行的日子 / 夏一刀 163

白荷花 / 秦辉 167

黑匣子 / 秦辉 170

冰棍儿 / 秦辉 173

脚印里洼着几只蝌蚪／李国军 176

喊魂／徐建英 179

干娘树／杨汉光 182

目

录

清水塘祭

○杨晓敏

弯弯的绿界

　　我的故乡在豫北的获嘉、新乡和原阳三县的交界处,应属平原中的平原了。我从 20 世纪 70 年代中期入伍离开故乡,至今已二十年了。故乡可爱,故土可亲,真正令我梦牵魂绕的,该是那一环像青罗带一样,镶在故乡裙边的一湾清水塘了。

　　不知从何年月开始,乡人为保护村子的安全,由人力挖掘成"寨壕"。浅则一米,深则二三米,宽十米左右。兵荒马乱的年代,如遇到土匪抢劫或其他险情,便呼啦吊起寨门。这种简易而实用的防范措施,宛如护城河一般。我记事时早没了寨门,路口处的水塘由涵洞相通,水多了任它从路面上漫过去。整个村子的地形南高北低,偶尔大雨滂沱,满塘儿乃至满街里水波漾动,向北边蜿蜒流去。这时候塘里的鱼儿、泥鳅和蝌蚪们钻进来,逆水而行,在浅浅细流里穿梭,处处可见。我和我的伙伴们光着脚丫子,踩着飞溅的水花儿,追逐那些活泼可爱的小精灵,别是一番情趣。

　　清水塘常年不枯,绿水涟涟,水量随季节发生变化。塘两边有水柳、苦楝、刺槐和茅草,仿佛小小的防风林。20 世纪 60 年代,我度过

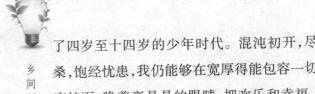

了四岁至十四岁的少年时代。混沌初开,尽管周遭世界曾经几度沧桑,饱经忧患,我仍能够在宽厚得能包容一切的故乡里,在父老乡亲的庇护下,睁着亮晶晶的眼睛,把欢乐和幸福、思索和憧憬,播植在人生启蒙的旅途上。

有清清的一泓水塘作证。

满塘儿蓬勃茂盛的芦苇、蒲条,一溜儿过去,构成景色宜人的风景区。还有一种节生的水草,我至今也不太叫得上名字。它稀疏错落地点缀其中,每节犹如长长的小葫芦,泛着粉红的颜色,风摆杨柳似的扭动美人腰。田田的荷叶,层次分明,遮住水面上的杂草和苔藓。时有顽皮的鱼儿,炸起一簇脆响,跃上紧贴水面的荷叶儿,闪一团白光,又匆忙蹦入水中,漾起一串串水旋儿,影儿没入草底。浓荫下,塘边儿,满目青翠。树上鸟儿啼啭,水中鱼儿跳跃,该是人类寻觅的天籁了吧。

许多年后,我才从一本书上,读到这样一个故事:

一个阔佬问渔人:"你怎么把钓竿插在塘边,悠闲地睡大觉呢?"渔人回答:"不可以这样吗?"阔佬说:"你应该不停地钓鱼,多挣钱。"渔人说:"多挣钱干什么呢?"阔佬说:"你有钱了,可以像我这样享受生活呀。"渔人问:"睡觉和散步,你觉得哪样更闲适呢?"阔佬无奈,只好回答说:"当然,睡觉的确是美好的。"渔人说:"你说得对,我已经像你说的那样做啦,你不觉得是吗?"阔佬无语。

假若我们排除渔人思想中的懒惰因素,如果能够随意地度过一个轻松、恬淡的人生,不也是一种理想的境界吗?许多年过去了,也许是我经历过太多的坎坷和奔波,觉得太疲倦的缘故,每每要想起故乡的清水塘。现代人的物质生活,令人眼花缭乱地变化着,人的欲望还有什么不能满足呢?你还希图拥有什么呢?试问,你能拥有一片属于自己的静谧的氛围吗?每当我回忆起童年的欢乐时光,梦里都要陶醉几回。

尤其雨后新晴，一时塘满为患，水漫金山似的，荷叶儿面临灭顶之灾，那副摇摇欲坠的模样，让人陡起无穷怜意。待水势骤下，满塘儿又沐浴一新，景色依旧。盆儿大小的荷叶上，托起蓄积的些许雨水，折射出粲然的光彩。一阵风掠过，荷冠倾斜，积水次第抖动滑出，满塘的击水声，随风远逝，哗啦哗啦地倾入水中。我猜想，"大珠小珠落玉盘"的诗句，必是由此景吟成。

十岁大小的童稚，自然是少年不识愁滋味，塘边儿流连忘返，无形中被一种诱惑导引着。一条大鱼的穿梭，一只青蛙的跃入，一条水蛇的蓦现，你喊不出声来却按捺不住突突的心跳，独自沿着杂草丛生的塘边儿溜达，平添了几多探险的勇气。

夏日的诱惑

春暖花开时，故乡的清水塘里，一夜之间，变戏法儿似的会冒出青黄的莲角、芦尖和蒲条来。乍出水时仿佛一派刀枪剑戟，尔后一天天舒展出各自的独特模样。水鸟栖身，蜻蜓迷恋，塘边的草丛中蚱蜢蹦跳，清水塘又开始展示自己的魅力了。

由于先辈家境贫寒，父母均不识字，让我五岁入学，自有其良苦用心。如遇星期天节假日，下地挣工分吧，生产队嫌小，父母亦不忍心，家务又轮不到我做。去塘边儿玩耍，成为第一选择。塘边儿有牛犊儿羊羔儿啃草，时而把蹄子踏入浅水里，探头去咬鲜嫩的芦尖。我玩累了，会把书包枕在头下，仰卧在草坡上，一只腿曲蜷在另一只腿上，口里咀嚼一枚小草棒，让白云托起一环环天真的彩色梦幻，荡得远些再远些。回家路上，拧一管柳笛，哇哇地吹奏唢呐般的曲调；切一片芦叶，模仿啾啾的鸟音；顶一张荷叶，挖两个眼洞蒙在头上。谁说我不是天下最惬意的少年呢！

炎炎的夏日，清水塘无时无刻不荡漾在故乡人的心田。我们那儿把午间休息叫"歇晌"，不安分的青壮们，吆一声："咱们去蹬藕吧。"即刻会呼啦起一群，扑通扑通地下塘了。在水中既可避暑，又可调剂生活节奏，何乐而不为呢？一般都从淤泥松软的地方下水。蹬藕人一手扪着一茎莲藕，用一只脚丫尖儿凭感觉向污泥里搜寻，脚脑并用，着实有一种令人心旷神怡、奇妙无比的况味。塘边儿观者一溜儿助阵。满塘的蹬藕人，像鱼漂似的在水中耸动，漾起一圈圈涟漪相撞。在蹬藕过程中，每个人从面部表达出来的怪姿态，天然一幅滑稽图。一会儿有人捏着鼻子没入泥水里，咕嘟嘟冒一串气泡。出水时猛甩一头泥浆，抹一把面颊，手中便舞动一挂雪白的藕节来。"嘿！接住！"藕节飞向岸上，引来一阵忙乱一片啧啧的赞叹。不会蹬的，尽是小藕和断节，得到的是嘘嘘的嘲弄。

　　大概是七八岁的那年，我第一次下水塘里蹬藕，非但一无所获，还引起一场虚惊。因为蹬藕是一项挺讲究技巧的劳动，脚爪子要不停地在淤泥中小步移动，才能成功。倘若不小心把莲茎踩断了，脚下便失去依据；如果中途换脚，又不容易找到位置，只好宣告报废，另觅新穴了。踩得不到位，速度太慢，则成效甚微。我初入此道，竟连连告败。更为糟糕的是，我的腿肚子上被带刺的莲茎挂破了，隐隐渗出血丝来。我沉浸在初次蹬藕的亢奋、欢愉中，有点忘乎所以了。后来觉得腿肚子痒痒的，伸手在水里摸了一把，感觉滑腻腻的，内心一阵恐惧。顾不上已蹬到的藕节，匆忙到塘边一瞧，禁不住哇一声哭了。腿肚上的伤口处，紧贴着一条雄赳赳的大蚂蟥。我一把没捏下来，眼见得它已钻入肉中一大半了。大人常讲，大蚂蟥能顺着血管，钻到人的身体里生存，慢慢地把人的血吸干。这是多么可怕的后果，人还能活吗？大人说唯一的办法是，一旦发现它尚未完全钻进肉里，便抡圆鞋底狠命打它。人要咬牙忍住痛苦，直到把它揍得自行退出来。我嘤嘤地抽泣着,抓起鞋子便抢了上去。

这时候,一直蹲在塘边凑热闹似的看我蹚藕的邻居爷爷趔过来,扬手挡住我的胳膊。他慈祥地用烟锅敲了一下我的头,讥笑道:"傻瓜蛋,恁笨!"他按我坐下,折一草棒从烟锅里剜出一团污黑的烟油,三两下涂抹在蚂蟥身上。只一瞬间,奇迹发生了,正拼命吸吮血液向肉里钻动的蚂蟥开始痉挛,缩卷身子从我腿上掉落,继而失去知觉不再蠕动了。

爷爷望着我怯怯的、疑惑的眼睛,告诉我说:"蚂蟥吸血,但钻不到人身体里。用鞋底打,是大人怕孩子下塘玩水,弄出事来,编出来吓唬人的。现在懂了吧,我可是再也哄不住你了。"

从此我不再惧怕蚂蟥,对大人们说的话,也时不时在脑海中打个大大的问号。

苦乐年华

我家的南边,有一片不太规则的南窑塘,有五六十亩大小。不知从什么年代起,村里在此处建窑烧砖,就地挖土,逐渐掘成一大块可观的低洼地。雨水日积月累,形成全村最大的清水塘。即使在干旱的冬季,塘边儿水位骤降,南窑塘的西南角,仍有一带深水域,凝结着一层薄薄的冰片儿。南窑塘名扬乡里。

南窑塘给故乡带来的欢乐,绝不仅仅限于夏季。它犹如一个聚宝盆,对于钟情于劳作的人来说,清水塘会毫不吝啬地奉献出它的宝藏。秋末冬初,落叶萧萧,在一派朔风肃杀中,荷叶儿残败凋零,芦花儿被风吹散,蒲条儿东歪西倒,水鸟也迁徙。随着农闲的到来,塘边儿陆续多了挖藕人。

在泥塘里挖藕,本是一道讲究的工艺,懒汉永远不会精于此道。

关键在于,掏了力气,能否有所收获,这也是对自己判断力和灵性的一种验证。冬季的塘边儿早已是一片狼藉,莲茎看不见,下铁锹时往往没有目标可鉴。有时挖了半天,累得通身是汗,依然寻觅不得一星半点的藕边儿。泥塘里的芦根、杂草等,硬拉软扯,像搅拌在混凝土里的钢丝一样,使铁锹不能灵活自如。连换几个地方,弄得泥浆沾身,只得哀叹运气不佳,苦笑作罢。所以,明知塘有藕,不愿下泥池的大有人在。

我的五伯父则不然。他骨瘦如茎,颀长的身子略佝偻些。在塘边儿走动时,他喜欢把铁锹横在身后,用两只胳膊弯紧,那姿势显得很潇洒。当那双微眯的小眼睛睁开时,亮幽幽的,精气神很足。溜着溜着待他把铁锹向下一插,莲藕似乎就聚集在箩筐大的泥坑中了。哪怕是别人挖剩的闲坑,五伯也能挖出大藕来。我常去看五伯挖藕,以为那是一种享受,高明的魔术师,也不过有此本领,何况五伯是真功夫。他横背着铁锹在前面走,我提着小箩筐,在后面晃悠悠地向塘边儿去,无异于师徒俩。五伯虽然不爱指点,久了,我也看出些挖藕的诀窍。五伯挖藕非常注意寻找所谓"藕窝"。坑里只有一两挂藕,或者藕太小,费劲而划不来。讲究站位,两脚绝不能乱晃动,否则泥浆四溢,随挖随淤,老挖不成一个完整的"坑"。锹锹下去,都要利索,不能拖泥带水,不能太零碎。见了藕最忌轻易下手动它,一则易弄断,二则手上沾泥,无法抓锹。

无论多么复杂的藕层,五伯差不多都不用手刨,而用锹一条条剔拨出来。我曾学到一招半式,虽不算真传,也足够旁人羡慕了。

一年初冬,连刮几天干风,有一片凸起的塘面露底了。我大约十岁出头吧,还是有些力气的。也算是第一次踏入距塘边儿稍远的纵深处挖藕。那天如有神助,往日的疲倦感一扫而光。我像五伯那样,审时度势般地选好角度,抖动了铁锹。这是一片尚未开发过的处女地,泥浆下呈沙质状,锹头无遮无拦。我在泥塘中,硬铲出一条通道,惊讶地发现藕层居然会排列得那么协调完美。一挂挂赤裸裸的莲藕被我揪出示众了。塘边儿逐渐增多的观众喝起彩来,我的情绪沸腾到极点。多少年了,我仍能清晰地回忆起那个富有创意的下午。塘边的汉子们眼热,忍不住也下塘了。令人不可思议的是,在那一大片泥塘中,谁也没有再挖到规律排列的"藕窝"。直到父亲收工归来,在塘边呼喊我回家吃饭时,我才感到饥饿和疲惫。

堆成小山似的莲藕,有六七十斤重。要知道,那时一斤萝卜才卖两分钱,像这样上好的莲藕,拉到四十里开外的新乡菜市场,一斤可卖三角钱。半天时间,我的劳动价值为二十元,比我父亲在田里辛苦一个月挣得还多!对于穷人家来说,这预算简直是个辉煌的天文数字。晚饭后,母亲细心地用针挑开我满手的血泡,抚摸着我稚嫩的肩膀,泪流双颊。

掌灯时分,来了几位新乡的知青,缠着父亲说:"队长大叔,这藕让我们几个过节带回家吧,怎么样?每斤算一角钱,年终分红扣除。"父亲的喉结滚动几下,硬生生把拒绝的话咽了回去,挥了挥手说:"拿去吧,塘里还有,我再让洲儿去挖。"知青走后,母亲几乎把父亲吵得无地自容。一会儿,从未对我怜爱过的父亲,竟给我掖了掖被子,用关切的语调说:"累吧?明早让你妈给你煮个鸡蛋吃。"这是我少年时期得到的最高奖赏了。

哦,故乡的清水塘,你还记得我儿时的几丝苦涩吗?

鱼趣和名著

20世纪60年代里,故乡的生活的确清苦。在我童年的记忆里,人们远没有现代人的嘴馋,难道今天是在偿还以前的腹债吗?那时候逢年过节，不过割三两斤肉罢了，平时决不至于奢侈到沾惹荤腥的。记得年三十晚上，我连肉馅水饺都不愿吃，嫌嚼不烂塞牙缝。要么，满塘儿鱼肥藕嫩，为什么很少有人光顾呢？其实，事实给人以错觉。钓鱼是需要耐性和时间的。俗话说："性子急，不要看钓鱼。"看钓尚且如此，钓者费时费工则可想而知了。生产队要早出晚归，偌大的故乡，会有几多闲人？那毕竟是个生产能力低下、人们疲于奔命的年代。那个年代的人口失控，一溜儿儿女嗷嗷待哺，心岂能静焉。谁会把心思注入天天擦身而过的清水塘呢？

我之所以能蹲在塘边儿钓鱼，多沾光于父母太宠爱的缘故。另外，我五岁入学，读书入迷。父母大字不识一个，自然望子成龙，唯愿儿女们学有所成，以弥补自己的缺憾。尤其是父亲，听说塘边儿安静，读书能读到心里，虽想撵我到田间干活，挣三五个工分，以减轻生活重负，但看到我背着书包出去，明知我会转眼抄起钓竿，还是睁一只眼闭一只眼了。

时至今日，每当我看到插有渔场招牌的池塘边，钓者气宇轩昂地亮出太昂贵太考究的渔具，呼呼啦啦地向外扯鱼，我丝毫不产生艳羡的感觉，倒生出腹诽来：是在炫耀你的渔具呢，还是寻求那份闲情逸致呢？在养鱼池里垂钓，能增添几多乐趣？那时候我和我的为数不多的钓友，随便伸一条竹竿，在事先拨开杂草的"钓窝儿"，悠然自得地抛丝入水了。钓竿在手，杂念皆无，人和鱼较劲，该算是一场公平的智力游戏。

人把思维潜入水中，鱼把狡黠跃出水面。饵脱鱼溜，是人的失败；而饵鱼俱获，岂不是鱼的悲哀？鱼漂怎样颤是大鱼咬钩，怎样摆是小鱼骚扰，什么时候起竿，都是颇有讲究的。这门学问可谓博大精深，亘古迷人，令帝王将相乃至山野草民，无不为之倾倒。吃鱼毕竟在其次了。兼之家里穷，炒菜是用油滴来计算的，钓来几条鱼，岂敢炸了吃？

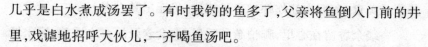

几乎是白水煮成汤罢了。有时我钓的鱼多了，父亲将鱼倒入门前的井里，戏谑地招呼大伙儿，一齐喝鱼汤吧。

钓鱼归钓鱼，书还是要念的。我能在清水塘边儿读完了诸多文学名著，说起来也是幸事。20 世纪 60 年代后期，书烧得差不多了。我有个远房长辈，在 20 世纪 50 年代当过县文教科长，满腹经纶，饱读诗书，"反右"时被打成"右派"入监。他儿子比我年长两岁，和我光腚儿长大。或许是我读书的精神感动了他，他终于偷出藏在阁楼上的精装《水浒传》。

我如获至宝，百读不厌。常为出没于水泊梁山的豪杰们的英雄行为击掌叹息，暗想天下怎么会有人写出这般好的文章。转念想到，我所拥有的清水塘，虽不及八百里水泊的万千之一，可也芦荻萧萧，荷叶蔽日，一派郁郁葱葱，不失恢宏气象，似乎得到一丝满足。

我的伙伴陆续为我偷出《三国演义》《封神演义》《三侠五义》等。还有一部《白居易诗选》，它几乎让我成为一名诗人。因为在 20 世纪 80 年代初的岁月里，我还是被复苏的文学诱惑了，舞文弄墨，出了部诗集。究其渊源，算是塘边儿梦的延续吧。他为我偷书，也有交换条件，就是晚上到他家做伴。他父亲刑期未满，母亲另居，只有奶奶相依相靠。五大间两头有阁楼的房子，空荡荡的，冷清极了。我俩睡在阁楼上，平添几分热闹。我之所以愿意到他家住，除不断借书的原因外，还有一个说不出口的想法：我钓鱼，晚上可以到他家做了吃。他是独子，姐姐也有工作，时有接济，生活条件比我家好多了。起码，可以把鱼油炸了吃。白水煮和用油炸，味道太不一样了。

记得有次我俩在浅水的泥坑里，捞出不少虾米和鲫鱼，老奶奶把虾米鱼子搅在一块，在锅里连炒带炸，虾米和鱼子酥黄焦脆，异香扑鼻，我俩吃得津津有味。

多少年过去了，而今赴宴，动辄一桌儿珍馐佳肴，吃得排山倒海。

若论及美食,和那次油炸虾米鱼子相比,仍无出其右者。

一缕余香留在心里,哪怕游子千里,愈会念及故乡之纯美,清水塘之甘醇。

垂钓的遗憾

那片杂草葳蕤的南窑塘,是水生物的天然繁殖场。草鱼、鲫鱼、白条和鲢鱼成群结队畅游,还有少见的鲶鱼、鳖、鳝鱼也时常出没。黑鱼的模样狰狞可怖,占塘为王,和鳖一样,属捕食小鱼虾的鱼类。它性情阴鸷暴戾,冲击力强,宽大的上下颌都有排列尖锐的利齿。钓钩上的饵食如面团、蚯蚓之类,对黑鱼的诱惑力不大,所以平时极难钓上一条黑鱼。我垂钓数年,也只有钓上一次黑鱼的历史,充其量三四两重而已。斤把重以上的黑鱼,只好动用渔叉或撒网捕捞了。

有一种情况例外,那就是黑鱼的产卵护婴期,钓它就易如反掌了。黑鱼的产卵护婴是个有趣的现象。在一个暖融融的夜晚,黑鱼即将临盆了。它会在选定的隐蔽地点,甩动有力的尾鳍,啪啪啪地击打这一方水域,不知是产前的狂躁宣泄呢,还是警告其他同类勿扰。懂行的人会说,黑鱼闹塘了。黎明时分,塘里静谧如常。到塘边儿寻找,果然在塘面儿的杂草丛中,黑鱼在尺幅之内产满了卵子,浅黄如米,颗粒分明。这时候的雌雄黑鱼在鱼卵上虎视眈眈,负责监护。倘有任何侵犯之举,它们都会毫不留情地给以迎头痛击。那种护崽儿的本能,绝不亚于人类。鱼子一旦孵化成形,就开始离开塘边儿活动。在人的视野内,会看见清水塘里游弋一群黑鱼崽儿,有成百上千之多吧。雄父在前开路,雌母在后压阵,一路上咂起"扑扑扑"的水泡儿,欢闹中的崽儿白肚子乱翻,挺像一个多子多孙的幸福家庭在郊游,一时蔚为壮观。

大约十岁那年,我听说黑鱼闹塘了。溜到南窑塘的一个僻静处,

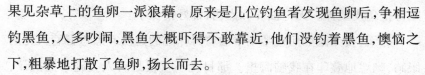

果见杂草上的鱼卵一派狼藉。原来是几位钓鱼者发现鱼卵后,争相逗钓黑鱼,人多吵闹,黑鱼大概吓得不敢靠近,他们没钓着黑鱼,懊恼之下,粗暴地打散了鱼卵,扬长而去。

我按照大人的办法,弄成一个结实的钓竿。钓钩是自行车辐条磨尖弯成的,上面缠了一团棉絮。翌日清晨,我一骨碌披衣下床,抓起钓竿溜到塘边。天上的弯月尚明,芦尖上露珠闪动。我惊奇地发现那狼藉的鱼卵早已连成一片,颜色变成黑芝麻般了。我心中涌动一种无可名状的快意,黑鱼果然尚在。我小心翼翼,把钓钩刚落水中,手感一沉,极有劲力,塘面泛一汪水势。这是黑鱼试探性的一击,含有威胁性和恐怖的成分。十岁的顽童,连好奇心理也是脆弱的。一旦与隐蔽的黑鱼对垒,心情则忐忑不安了。

说是钓黑鱼,其实是"逗弄",把特制的钓钩儿在水中一颤一颤,以激怒黑鱼。黑鱼盛怒之下,毅然吞噬,才会死命咬住。我又钓,无动静了。连续颤了几十下,依然无异样感觉。稍松懈时,竿儿一沉,我一抬,竿儿未起,惊喜之中,使尽全身力气向上猛甩。随着轰隆轰隆的击水声,硕壮无比的黑鱼露出水面,嘴里咬着钓钩不松。我不敢犹豫片刻,刺啦一扔,黑鱼在脱钩的同时,早跌落在五米开外的塘坡上。巨大的惯性,使我也趔趄不止。黑鱼出水后凶相毕露。在鱼类的灵性和求生的欲望驱使下,它呼呼地猛蹿几下,试图扭动巨大的尾鳍,回归到它逍遥和逞威的清水塘里。我几乎手足无措,根本不敢对视黑鱼那喷火的目光,更不敢伸手去摁住它。情急生智,伸钓竿连连拨动它,才不至于让它重温旧梦。

那条黑鱼足有七八斤重。父亲惊叹,用疑惑的目光睨我半天,才相信真是我从水里钓出的。当时,乡下人是不大喜欢食黑鱼的,认为它的肉粗且皮厚,口感不好。炸熟费油,煮烂熬锅。吃黑鱼时,往往是先把它干放在大盆里,浇入滚水,用锅盖封死,任黑鱼垂死挣扎。这样刚好把鱼皮烫掉。无论油炸和煮汤，都好拾掇了。

那天，我无论如何也咽不下溢着鲜味儿的鱼汤。黑鱼冒着火花的眼睛，幽怨地叠印在我脑海里。那目光不仅仅是对人类施暴的抗议，绝对蕴涵着母性对襁褓中的儿女们的深切眷恋，和对世代居住的清水塘的神往。

我在那个明媚的早上，完成了我的梦，却将另一个梦无情地粉碎了。曾经无数次地设想，假如再有此境遇，我还有勇气重复做一次吗？回答总是否定的。多年来，我时常对自己说，忘掉它吧，它毕竟只是一条鱼。可事与愿违，在梦里，记忆愈加清晰，那一双喷火的目光，依然在闪烁。

远逝的白天鹅

儿时，一位风水先生从我家门前过，停了一会儿，认真地对父亲说："你家门口有这么一眼甜水井，房后一条胡同通过去，连着偌大的南窑塘，地脉水气相通，后人会有出息的。"这话传开，父亲和乡邻的眼里，便多了几分自豪。父亲人缘不错。我自然得宠了。

夏天，我嚷着父亲要去"淘塘"。就是把"寨壕"的某一段截住，在一只水桶上拴上绳子，两边的人同时协作扯动水桶，甩过截流的塘埂去，把水一桶一桶地舀干。这是一种笨重的体力劳动，成千上万次的单调重复，乏味极了，时间稍长，手上勒起血泡，继而腰酸腿疼。在我纠缠下，父亲无奈，和几位合得来的叔叔伯伯们一嘀咕，真的两副桶轮番换人，哗啦哗啦扯个不停。从黎明到半下午时，塘里的水浅浅见底了。这是个令人惊喜的场面。鱼们大难临头，嗖嗖乱蹿，搅动一池淤泥浑水。我快活极了，手拈一把渔叉，钻入浓密的蒲苇里，猫一般寻觅那些藏匿的大鱼。细流的水口处，鱼们斜着白白的身子，翻翻而过。

指甲般大的小金鱼，身染浓浓的胭脂，煞是娇憨可人，平时难得一见，如今一溜儿踊跃而过。我真想顺手捞上几尾装入水瓶里，观赏几天。可此刻我却全神贯注地搜寻那些大鱼。忽见一袭荷叶下，漾动波纹。待我用叉挑开荷叶，嘿，一条大鲤鱼露出脊梁，左盘右旋，正无所适从呢！我离得更近些，"嗖"的一叉，便扎了个正着。叉杆一阵抖动，大鲤鱼被我高高地举过头顶。"我叉的，怎么样？"我边嚷边跑，把叉的大鲤鱼摔到岸边。我无暇顾及父亲和叔叔伯伯们复杂的目光，又挥叉下塘了。

随着我的欢声笑语，我一趟趟地把叉着的大鱼摆满了岸边。我为自己的勇敢和劳动，兴奋得不能自已。等到几乎扯干水塘时，塘心里只剩下些小鱼了。我对目瞪口呆的父辈们说，今天的大鱼，全部是我逮的。父亲阴沉着脸，一言不发。八叔急忙说："洲儿，你真棒！"

我睡眼蒙眬中，父亲回来了。"呼啦"一声从破麻袋里倒出不少鱼。我醒了，正想坐起看个究竟，却听母亲问："你咋净分些小鱼？"父亲努努嘴，问："洲儿睡了吗？"母亲颔首。父亲懊恼的声音："唉，本来塘里有十几条大鲤鱼。如果是鲜活的，拉到新乡会卖个好价哩，他们几家都需要钱花。看到洲儿满塘乱扎，弄得鱼身上尽是窟窿，我几次都想揍他一顿。大家嘴上不说，心里怨着呢。他八叔劝说：'咱逮鱼本来是冲孩子来的，不是为挣钱的。这孩子平时念书用功，说不定将来咱还沾他的光呢。死鱼我去卖，赔了算我的，让他尽兴扎吧。'"父亲说着摇了摇头，叹息道，"水都弄干了，不扎死，还怕鱼飞了吗？"母亲默然，无奈地说："唉，毕竟是孩子嘛。"

一席话，胜过我在塘边儿念的几本书，被窝里我珠泪涟涟，无语凝噎。如今我早已做了父亲，多少次面对儿女们幼稚而纯真的言行，似乎想得很远很远。

那一年的秋末，天气格外寒冷。忽一夜阴风凛冽，天亮时愈觉寒气袭人。村边儿所有的水塘过早地冰冻了。先有人在冰上试了试，竟纹丝不动。聪明的故乡人回家扛锹拿铲了。塘面上的芦秆、蒲条和杂草凝结干脆，根本不用刀割，人行在冰上，挥动锋利的铁锹一顺儿沿冰面铲过去，苇草们纷纷倒下，一会儿便铲翻一大片。苇秆可以编织盖房用的顶席，杂乱的草，可生火煮饭。

我抄手站在塘边儿，不知该说些什么。笼罩着神秘氛围的南窑塘，被热火朝天的人们剃头一样铲个精光。过去的草生草枯，再胆大的人也不敢问津。它瞬间成为白茫茫一片，似乎失去了所有的风采。忽听一阵吆喝，南窑塘的最深处，薄薄的冰面上，从天而降一只白天鹅。它拨开一小片仅够容身的水面，惊慌地旋转着身子。一声引颈长唳，甚是悲凉。果然从远处跑来一群人，前面的那位，手中分明攥一杆猎枪。他们从远处尾追着白天鹅，撵到这里。过去白天鹅年年曾在南窑塘栖落，都不曾受到伤害。尽管当时的故乡人，并不知晓还有《野生动物保护法》之类的条文，可谁对雍容华贵的白天鹅，不萌动一丝恻隐之心呢。今天，尚未迁徙的白天鹅是来寻求避难所的吗？

猎手在一步步靠近，猎枪已经平端起来。白天鹅面对死神降临，依然昂着高傲的头颅。千钧一发之际，我猛挥一下胳膊，大吆喝一声："哦哟——!"白天鹅瞬间惊离水面。枪响，冰面上落满霰弹。白天鹅深情地留下眷恋的一瞥，便向南腾空而去。

猎手恶狠狠地逼近了我。我吓得连连后退。他怒气冲冲的拳头终于未落在我身上，因为我身后，早站满一排手握铁锹的汉子。

我的清水塘哟，你让我欢乐让我忧。

塘边儿寻梦

写下这篇文章的最后一章时，真不忍心让读者和我一起，为碧色涟漪的清水塘,同唱一曲挽歌。

那个漫长且干旱的冬季过后,翌年夏天,南窑塘的荷叶儿依旧铺天盖地,芦苇荡依然森林般伟岸,可我在塘边儿行走,以往的莫名其妙的神秘感则荡然无存。夏天过去了,秋天来临,一年一度来此一游的白天鹅杳无踪影。冥冥中,难道有什么不祥之兆吗?

我欣慰的是,就在清水塘即将从地球上消失的最后时刻,我终于扑入它宽厚、温柔的怀抱,一抒情怀。一天从田里归来,我泅入南窑塘里,淋漓酣畅地洗了个痛快澡。小伙伴们几乎心照不宣,呼啸一声,竞相向那片缥缈莫测的芦苇荡深处游去。我双手拨拉开苇秆和缠身的杂草,一种征服欲油然而生。荷花或含苞待放或昂然盛开,天生丽质,散发着淡淡的馨香,弥漫在水汽里。浓密的芦苇荡幽深处,我驻足不前,觉得这地方似乎远离尘世,此起彼落的啁啾,无疑是鸟儿们的极乐世界。见一小巧的鸟巢,摇曳在一簇苇秆上,悠悠颤动。我轻弯苇秆,发现巢里卧两只幼雏,叽叽喳喳,蓦见不速之客,它们惊惧地瞪圆了小眼睛。它们身上尚未长满绒毛,鲜红的嘴角异常撩人。我想把它们带走,又怕难以养活,心想,等它们大些再来捉吧。谁知两天后,我沿着留有记号的路线,顺利找到鸟巢时,无奈鸟去巢空,唯余几片苇叶漂浮水面。

这个秋季的某一天黎明时分,我被一阵突突的马达声吵醒了。循声觅到塘边,看到眼前的景况时,大脑出现短暂的空白。我无法表达出当时的复杂心情。村里的几位电工,一副颐指气使的派头。村里唯一的大口径水泵,伸进南窑塘中最深处的水域内,哗哗哗地向外抽水,这是老辈人连想都不敢想的事情。抽水机比扯水桶快得太多也太省力了。无论猴年马月,天如何干旱,这片水域从未干涸见底。一泓绿水;不知给多少代人带来过欢乐。传说有一条大黑鱼——就是整个南窑塘的鱼王——也在此处栖身。它有铡框那么大,能吞下鸭子,能咬

乡间稻草人

住喝水的牛嘴。故乡人曾以此为荣,炫耀四方。

现代文明不知打破了多少神话,南窑塘的传说自然难逃厄运。三天三夜过去,在电工们悠闲地喷吐着烟圈时,水渐渐露底了。鱼儿们在越来越小的塘中心拥挤一团,十多斤重的草鱼和鲤鱼,两三斤重的鲢鱼和鲫鱼,长胡子凸眼的鲶鱼,刺溜溜乱蹿。塘边上观者如堵,吆声不断。那条号称鱼王的大黑鱼,是在开始下塘捞鱼时露出真面目的。它从泥浆中呼啸而出,俨然池中怪物。它抖动尾鳍,把污泥连连击开数米远。捞鱼人谁也不敢贸然靠近它。要不是水干鱼现,谁又能奈何了它呢。没有人知晓它在这方水域称王称霸多少年,繁衍过多少子孙。它也是我迄今见过的最大的黑鱼!

几条壮汉面面相觑。岸上扔下几条长长的木棒,他们只敢远远地狠命追打大黑鱼,试图把它击昏弄出来。大黑鱼在暴力施虐下,初时还横冲直撞,后来只好俯首认命了。

大黑鱼足有三十斤重!

这场浩劫,使南窑塘的水族大曝光,也使闪烁在一方水域的光环黯然失色,永世不复。

更令人沮丧的事情远未结束。电工们初战告捷,便兴高采烈,继续扩大"战果"。他们采取分片抽干、各个击破的战术,整整一个秋季,几乎把全村所有的水塘,统统翻了个底朝天。尽管来年的清水塘依旧注满碧波,鱼儿又开始繁衍生息,可注定它们永远长不大。你可以捕不到大鱼,但塘里决不能没有大鱼。就像芦苇荡里不可能藏龙卧虎,却能隐隐透出龙吟虎啸的气韵。这就是一方水域的魅力吗?

清水塘失去了什么呢? 大概就是这样一种诱惑吧。

从20世纪60年代中期开始,引黄水渠对农田实施灌溉,浑浊的泥沙俱下,被故乡人巧妙地利用了。黄河流入清水塘里,待泥沙沉淀后,从另一个水口输导走,如此循环往复,清水塘渐渐被淤平吞噬了。

因为人口无节制的生育，划分宅基地已经提到农村工作的重要议事日程。塘边儿不再是无人问津的荒芜之地。

如今的故乡，完全没有了芦荻飘飘、绿水淙淙的清水塘。乃至南窑塘的上方，已拔地而起一排排漂亮的新居。每天早晨，都会升起袅袅的炊烟。我回故乡探亲时，牵着一双儿女，漫步在两边砌有水泥沟的村边公路上，给他们讲述着不太遥远的故事：

从前呀，有一片清水塘，

塘里呀，长着青幽幽的芦苇荡，

芦苇荡里呀，有一条大黑鱼，

大黑鱼呀……

青　涩

○刘建超

虹虹爱看小人书。虹虹看小人书入迷的模样好俊。

虹虹不太搭理我们男生，除非他有小人书。我攒着零花钱，买了一本《小李飞刀》，故意在虹虹面前显摆。虹虹来借我的小人书了。

我要求虹虹就在学校的小河边看。虹虹听话地点点头。

夕阳映红了清凌凌的河水，波光粼粼，好看得跟虹虹的酒窝一样。同学们放学都要走过这条小河，看到我和虹虹在一起，男同学羡慕得直咂舌头。

天暗了，看不清了。虹虹要带走小人书。我不答应，只同意第二天放学还让她在河边看。

晚上，阿飞把我的小人书借走了。第二天放学，我叫虹虹，虹虹说她已经看过了。是阿飞头天晚上拿我的小人书去巴结了虹虹。

我揍了阿飞。

阿飞不理我了，虹虹也不理我了。

我发誓：要是再省钱去买小人书，我就是小狗。

男生滑冰，女生在旁边看。女生中有我妹妹和虹虹。我们当时滑的是冰板。冰板制作很简单，锯两块与脚大小相等的木板，每块木板镶上两根铁丝,再系上绳子,绑在鞋子上就行了。

男生滑得显摆,女生看得眼馋。

我妹妹要滑,被我给哄走了——我正在给女生加深印象呢。虹虹抬了抬下巴说,让我滑滑。我立即就把冰板从脚上解下来,殷勤地帮虹虹系上。虹虹小心翼翼地走了几步说,不行,冰板太大了。

回到家里,我量了妹妹的脚丫子,就找来木板用钢锯条截木板。妹妹很兴奋,中午吃饭时一个劲儿往我碗里夹菜。

我在冰上滑着,另一副冰板背在我身后。妹妹急得直嚷嚷。我在等虹虹。

虹虹来了,手里提着一双带着雪亮冰刀的真正的滑冰鞋。大家呼啦都围了过去。

我把身后背的冰板扔给了妹妹,回家。

晚饭时,妈妈表扬我:知道带妹妹了。我烦死了。

学校参加部队的文艺会演。安排我和丫丫演李玉和跟李铁梅。安排阿飞和虹虹演杨子荣和小常宝。我不愿意,我不演李玉和,我要演杨子荣,我想和虹虹演,让我演座山雕都行。

我找老师提要求,老师不同意。我就开始捣乱,排练故意忘词,唱跑调,还挖苦丫丫。丫丫气哭了,找老师告状。老师很生气,后果很严重——把我给拿下来了。老师果然让阿飞去演李玉和,去和丫丫对唱了。我就等着演杨子荣。

丫丫病了,发烧。老师让虹虹去接替丫丫演李铁梅。丫丫病好了,和我一起演杨子荣和小常宝。老师说,这回你满意了吧?好好排练吧。

我气得去找丫丫吵架。丫丫莫名其妙,问我怎么了。

怎么了?你瞎病啥呀?

虹虹咱巴结不上，拉倒。丫丫可是像我巴结虹虹那样巴结我。举个例子，下雨，她把妈妈送来的伞给我用。再举个例子，丫丫悄悄地往我的课桌斗里放苹果。

学校宣传队到农村演节目，来去都是坐着拖拉机。演出结束，天晚风凉。我带着军大衣。丫丫说，哥哥咱俩盖大衣吧，冷。

我把大衣摊开了。

丫丫说，阿飞你也过来吧，人多暖和。三人盖着一个大衣在拖拉机的拖斗里颠簸。不一会儿，都睡着了。

大衣颠簸掉了，我竟然看见，阿飞和丫丫俩人手拉着手。

我不知道怎么了，眼泪就委屈地流下来。

我把大衣紧紧裹在自己身上——我冻死你们俩！

忆　趣

○刘建超

姗姗抱着饼干筒,圆圆的饼干飘着香味,馋得人闭着嘴都挡不住口水。

我说,姗姗,我给你变戏法。

我从饼干筒里拿出一块饼干,你看,这是圆圆的太阳。

姗姗点点头。

我在饼干上咬了一口,看,它变成了弯弯的月亮。

姗姗点点头。

我实在忍不住,把饼干都塞进嘴里,月亮回家进洞洞了。

我又拿出一块饼干,姗姗,我给你变一座山。

我在饼干上咬了两口,看,一座山。

姗姗点点头。

大山回家进洞洞了。我把饼干吃了。

姗姗真好骗。我高兴地回家了。

姗姗哭了。

又一次,姗姗抱着饼干筒,飘着的香味让我腮帮子发酸。

故伎重演。姗姗,我给你变戏法。

你会变什么戏法? 姗姗紧紧捂着饼干筒。

我给你变个月亮。

姗姗从筒里找出个半圆的饼干举给我看,嘻嘻,我有——

我给你变个大山。

姗姗又从筒里找出咬过两口的饼干,嘻嘻,我有——

我还会……

你还会让它们进洞洞。我也会。姗姗把饼干塞进嘴里。

姗姗说,我妈妈说,让我给你也变个戏法。

我咽着口水说,好,你变。变不成你就得让我吃一块饼干。

姗姗说,我就是不给你饼干吃,你就会从不哭变成哭了。

姗姗抱着饼干筒走了。

我号啕大哭,嘴巴咧得跟瓢似的,谁也哄不住。

上学,分班,排座位。

老师说,按大小个儿排好,男生一排,女生一排。

大家互相比量着个头,找到自己站立的位置。

我看中了虹虹,虹虹的辫子长,好看。

我就往后面挪,和虹虹站在同一个位子上。

我看着虹虹,笑了。

虹虹看看我,扭过头,往后又挪了一位。

我也挪,看你往哪儿跑。

老师说,好了,现在每排的男生和女生拉起手,你们就是同桌了。

我拉起虹虹的手,得意地笑了。

虹虹甩开我的手说,老师,我不和流着鼻涕的男生坐一个位子。

我一听,赶紧用袖子抹了一下鼻子。

老师看看我的个头儿,把我往前排挪了挪。

虹虹拉起了飞飞的手。

我无奈地拉起姗姗的手。

姗姗哭着说，老师，我不和脸上流鼻涕的男生坐一个位子。

原来刚才袖子一抹，我把鼻涕都带到了腮帮子上。

课间。

我找到踢毽子的虹虹说，你和飞飞好，女生和男生好，羞羞。

虹虹踢着毽子，看都不看我，走开，讨厌！

我用老师的粉笔把虹虹的名字写到一棵白桦树上。

我告诉虹虹，有人把你的名字写到了树上。

虹虹说，写就写呗，谁想写谁写。

我又把飞飞的名字写在了虹虹名字的旁边。

虹虹，我看见有人把你和飞飞的名字写到一起了。

真的？在哪儿？

保证是真的，在操场边上的白桦树上。

虹虹果然跑过去看了，脸红红地说，谁这么讨厌。

我又找到虹虹，说，有人把咱俩的名字写在一块了。

虹虹骤地站起身，大声说，不可能。

真的，在大操场旁边的白桦树上。

虹虹撒腿就往操场跑。

白桦树上果然写着虹虹和我的名字。

虹虹气哭了，谁这么流氓，呸，呸。

一边用脚蹭着树上的字，一边哭着吐唾沫。

虹虹走了，我跑过去一看，虹虹的名字还在，我的名字被蹭得稀里哗啦。

我难过得哭了，用小刀刮虹虹的名字，结果把虹虹的名字刻到白桦树上了。

军训课。烈日如火,坐在操场上汗流浃背。

我的书包里有妈妈给我带的一个大红苹果。

我把苹果拿出来,又写了张纸条。

我把苹果和纸条交给坐在我前排的同学,说往前传,传给前边第一个同学。

苹果和纸条在同学们手中接力传递。

我看到苹果传到了第一排的虹虹手里。

虹虹扭头往后看看,张口咬了苹果,我心里高兴极了。

第二天,虹虹没来训练。

第三天,虹虹到了学校,四处打听是哪个同学送了她苹果。

不是有纸条吗? 那上面写有名字啊。

苹果传到虹虹手里时,纸条早不知被谁扔了。

我心里沮丧透了。

虹虹问我,你知道那天是谁传给我的苹果吗?

我兴奋地说,你为什么要知道是谁送你的苹果? 要感谢他吗?

虹虹狠狠地说,我找他算账! 那苹果经过那么多人的手,带了多少细菌啊,害得我拉了两天肚子,他成心害我啊。

我说,我不知道是谁,骗你我是小狗!

放学了,我安慰自己,我是属狗的,就是小狗,怎么地!

远逝的牛犄角

○刘建超

我 10 岁那年,队里的水牛死了。

饲养员陆大爷,坐在磨盘上吧嗒吧嗒地抽着水烟。孩子们高兴,我也高兴,可以喝到牛肉汤了,家家户户都在准备着碗筷,孩子们都把家里最大的碗都捧手里了。

剥水牛的活儿在场院里干,操刀的屠夫是王二蛋他爸爸,王二蛋爸爸天天骑着辆破烂自行车,车把上系着一个红布条,走街串巷给人家阉猪。二蛋的爸爸很神气,对旁边帮忙的人吆来喝去还捎带着骂,对小媳妇儿老婆子们开着荤骚的玩笑。女人们回敬的话语更恶毒,场院里过年一般热闹。

炉灶垒好,大铁锅里的水咕嘟咕嘟地翻滚着。牛肉被切成几大块,放进锅里,合严木锅盖,熬汤。剔下来的牛骨头和牛皮,要卖到供销社的废品收购站。我就跟着卖废品的青年一起去了收购站,青年嫌我走得慢,耽误了喝牛肉汤,就把我放在车上拉着,颠簸的土路把我的屁股都磨破了。

那是一场声势浩大的喝汤运动啊。队长敲响了一截铁轨钟,喝汤了,喝汤了!男女老少几百口子人,端着碗排着队。会计给每个人的碗里放葱花,妇女队长给碗里放几片牛肉。队长挽着袖子,操着一只铁皮大勺子,把一只只递过来的碗盛得满满当当。喝,使劲儿喝,管够啊。那一夜,家家户户都打着饱嗝儿,泛着牛肉味儿。

三五天过去,少油寡水的肚子就又想牛肉汤了。越是想那天喝牛肉汤的过瘾场面,越是觉得肚子里有个馋虫在爬在叫。我脑子忽然灵机一动,那天去废品站卖牛骨头,好像就看到一只水牛的犄角。另一只牛犄角哪里去了?这个问题让我兴奋了,这牛的犄角在摔下山坡时就掉了,没有被人发现。

放学的钟声一响,我就兔子般地蹿出去,撒开腿往队里那块山坡地跑。我沿着水牛走过的路线,仔细跟踪到了它摔下的坡边。坡很陡,有三四十米深。我先绕道坡下,在沟底的乱草丛里寻找了好几遍,没有牛犄角的踪影。我顾不上手脚被划破,从坡地往坡上艰难地攀爬。在一条石缝之间,我终于看到了那只牛犄角。一定是水牛在滚落的时候,一只犄角正好卡到了石头缝中间,牛犄角给掰断了。我拔出牛犄角,像是挖到了人参,像是捡到了大元宝,冲着夕阳嗷嗷地大喊。我把牛犄角藏在一处草丛里。星期天,我可以去废品收购站把牛犄角卖了。

第二天就是星期天,阳光灿烂。吃过晌午饭,我把布袋塞在书包里,绕过村子,我就往山坡上跑。在草丛中找出那只牛犄角,装在袋子里,抱在怀里往供销社走。一路上,我把自己会唱的歌都唱了一遍,那只牛犄角肯定从来没有听到过这么多的歌。

我走进供销社,对着一个梳着长辫子的阿姨说,我要卖废品。

阿姨问,你卖什么废品啊?

我打开袋子,说,水牛犄角。

阿姨指着里面说,到那个院子里去过秤。

我走到堆放废品的院子里,看秤的是一个大胡子叔叔。他把牛犄角往秤上一扔,给我一张小票,说去柜台找阿姨拿钱。我小心地接过

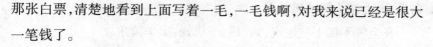

那张白票,清楚地看到上面写着一毛,一毛钱啊,对我来说已经是很大一笔钱了。

我拿着小票又回到长辫子阿姨跟前,阿姨接过票看了一眼,然后从抽屉里拿出一元钱放在了柜台上。

我吃了一惊,给了我一元钱?是不是给我的?是不是没有一毛钱要让我找开啊?是不是考验我?

我的手放在柜台上,离那红红的一元钱有短短的距离。我不知道该怎么办。

阿姨看看我说,小孩子,你的钱,拿走。

我把钱攥在了手里,心扑通扑通地跳。我不敢转身就走,万一阿姨发现给错了找我怎么办?我慢慢转身,耳朵时刻准备着听阿姨唤我的声音。背后没有声音,可是我的背后如同有针在刺,麻酥酥热辣辣的。我不敢走出供销社的屋子,怕人家再追我,会把我关起来。我就假装在柜台前看东西,布匹、锅碗、盆罐、耙子、镰刀、饼干糖果、书本、鞭炮,我几乎把所有的东西都看过了。我还在磨蹭,又很认真蹲下身子仔细看标签上的价钱。平日里看看就能流口水的饼干,我也对它毫无兴趣,我不时地用眼光扫描那个长辫子阿姨。

阿姨似乎没有注意我,她招呼着来买东西的顾客,没有顾客时,她就和另一个短头发的阿姨说说笑笑。

我不知道在供销社里待了多长时间,直到那个长辫子阿姨对我喊,小孩儿,都快下班了,还不回家吃饭,快走吧。

我如同得到了特赦令,转身就跑。

一块钱啊,天啊,一块钱。我把钱捏在手心里,一路跑啊,手心里攥着的钱都被汗水浸湿了。一毛钱,我敢花掉,一块钱,我不敢花。

远远看到家里的土屋了,我发疯似的喊着妈妈,妈妈——

我的声音肯定与往常不一样,正端着盆子洗菜的妈妈以为出了什么事,丢下盆子就往屋外跑。

我上气不接下气地说,妈,钱,一块钱,卖牛犄角。

妈妈听完了我的叙述,拍拍我的肩膀说,孩子,你多拿了钱,那个阿姨就会短钱了,那个阿姨是要自己补齐公家的。

妈妈擦擦手,解下围裙,说,你先吃饭吧。妈把钱给人家送回去。

我不知道妈妈什么时候回来的,我太疲惫,睡着了。

猫

○陈毓

　　我不喜欢那只猫。我一直不喜欢那只猫。我知道这看上去没有理由。我很孤单，它也是。一个孤单的孩子和一只孤单的猫，在理论上应该有成为朋友的极大可能。

　　那一年我五岁，或者不到五岁。那个地方叫板岩。是石头像麻糖一样的地方。那地方是外婆的家。我父母的家在一百里外的地方，父母的家也应该是我的家，但我不明白为什么我不能住在自己的家里。

　　我住在外婆的家里，也就住在那只猫的家里，猫是外婆捡来的弃猫。在知道这点后我急于想弄清楚，外婆爱我和爱那只猫，到底爱哪个更多些。

　　我的办法很简单。

　　我把门前地里正长的萝卜拔出来了，拔了一大片。

　　那些拔出来的细细的萝卜像一条条鱼，被整齐地放在大太阳下，一会儿就晒蔫了、不动了。

　　我看着这些，有些茫然。这时我看见那只猫向我走来，走到一定远的距离，站住，打量我，再打量那些萝卜，喵喵地叫。然后它走开了，离开现场。我后来回忆，那天直到外婆回来，直到外婆的骂声在菜地边像一挂点燃的爆竹响起，直到烟囱上的烟升起又消散，那只猫都没有出现在人面前。谁也不知道它躲到哪里去了。

外婆后来终于明白她的萝卜是她的外孙拔的,她骂出了"有娘生,没娘教"。她虽然把饭碗以一个恶狠狠的动作放在我的面前,溅得汤汁星星点点洒在我脸上,但我并没有得到更大的身体上的惩罚,我因此勉强测试出我在外婆这里的生活的曙色。

那时的日子似乎总是饿着的。猫更是经常地饿着,饿的猫异常勤快,家里的老鼠被猫逮尽吃光。当猫向着外婆一声声叫饿的时候,外婆顶多也只是喂一块熟红薯或洋芋给它。

猫一日日地叫,叫声叫人烦恼。夜里猫的叫声格外难听,我想,它那样叫,就算有老鼠,也给它叫跑了,可外婆说,要是能叫来一只猫,我家的猫就不会那样叫了。外婆又说,过些日子就好了。

后来的某一天,外婆自菜园回来,见地上全是鸡毛,两只小鸡的腿血淋淋地摆着,再看看墙角处的猫,嘴角还沾着鸡毛,像是挑衅。外婆勃然大怒,将猫撵进屋里,关了大门,将猫抓住,找来一根细绳,把猫腿绑了,在院里的桃树上吊着,又寻来一根竹竿儿,对着猫,狠狠地抽打。午后的寂静里,猫的叫声格外吓人,惊得鸡飞狗跳,惊得邻里的小孩儿飞跑过来看热闹。外婆边打边骂,提着小鸡血淋淋的腿给猫示看,外婆要给猫警告,叫它明白惩罚的缘由。那猫在棒击下也似乎醒悟了,它用眼角偷偷地看外婆,再看那堆小鸡毛,在竹竿儿落下时大叫几声,似乎在说:知错了,原谅吧。

那时我觉得瘦小的外婆是个凶狠的人,虽然是只犯了错的猫,但她那样用力气地棒打还是叫我感怀身世,生出以物悲己的情绪,很长时间,猫的叫声都在我的梦里响。

猫后来再没有偷吃过东西,连我自河里钓回的鱼晾晒在院子里,猫也不看。一见我拿竹竿儿,更吓得撒腿就跑。

外婆的猫养了好多年,却不走出院子,因为出了院子,猫的老实样子会被隔壁的孩子当成一个玩具，像石头似的拿起，抛来抛去。提着猫尾摔出老远的事情也是有的，猫也只是叫两声，躲开而已。那只猫后来就不出门了，卧在门墩儿上，或是灶台边。冬日里，猫就静静卧在外婆床头的一角，暖外婆的小脚，也暖外婆的心。因为我听见外婆不止一次说，人还不如猫呢。

那只猫死了。是吃了吃过老鼠药的老鼠。猫踉跄着逃回院里，窝在墙角哀哀地叫，直到最后叫不出声。猫看我的眼睛里竟是留恋，看得外婆也落泪了。

按习俗，死了的猫是要架在树上的，而不能埋进土里，说是怕老鼠打了洞去吃猫的尸体，死了还遭敌人的羞辱。我在长大后，理解了人的这种逻辑。

夕阳西下，外婆找出一块红地儿细碎花朵的花布。因为是只母猫，外婆说要打扮漂亮点儿走，将猫包裹得严严实实，然后夹在腋下，迈动小脚，一步步走向后山的槐树林里，选一棵粗大的树，将猫置放在树杈上，再用几片阔大的叶子覆盖好。

我目睹了外婆葬猫的过程。

我想，我如果在六岁前死了，我也想要这样一个隆重的葬礼，而不是像隔壁大奶奶那样，被放在笨重的棺木里，埋在深深的泥土下，出不来气，要多难受有多难受。

我把我的愿望说给外婆听了，外婆以一记响亮的耳光回答我。

乡间稻草人

佛手花

○陈毓

　　给九婆婆的最好的葬礼,就是收集一百个男女婴儿的哭声,来为她送行。

　　果子沟的人没有止步在这个浪漫的想法中,他们想到就即刻去做。当黑黢黢的送葬队伍跟随新生婴儿此起彼伏的哭声一起行进时,死亡的阴影暗淡了。

　　送葬的人偶尔抬头望天,似乎能透过天上薄云,看见九婆婆沧桑的老脸上,展露出有点儿甜蜜有点儿羞涩的笑容。

　　如果你那天恰巧路过果子沟目睹了那场葬礼,你一定会感到惊讶,也感到欣慰,你会觉得死亡也是件温暖的事情。

　　不知生,焉知死,说九婆婆的死,得先从她活着的时候说起。

　　定格在我记忆里的九婆婆的脸,一开始就是老的。她像童话里的"灵人",从出生到死亡,容颜都不会被时间改变。

　　在我八岁的那个早晨之前,我还不知道九婆婆,尽管她在那个桦树掩映的矮屋里生活过无数日月。

　　那天早上醒来,我的眼睛莫名地红肿,我艰难看天,天成了一条灰白的窄缝。我娘看了我的眼睛一眼,决绝地抓起我的手,说,去给九婆婆瞧瞧。

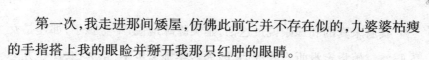

第一次，我走进那间矮屋，仿佛此前它并不存在似的，九婆婆枯瘦的手指搭上我的眼睑并掰开我那只红肿的眼睛。

她伏在我眼前的脸，苍白，枯瘦，像是童话中的巫婆，叫我害怕。她的目光盯进我的眼睛深处，像带着火苗子，我感到我的眼底深处一阵刺痛。

九婆婆松开了手，合上我的眼睑，对着我的眼皮吹一口气，对我娘轻描淡写地说，不要紧，回去别吭声，把大门拐角的那张蛛网挑破了，就好了。

我娘拽着我的手退出来，嘴上诺诺地应着。时至今日，我忘了蛛网的事，只记得转天我的眼睛就黑白分明了。一个拥有黑白分明眼睛的少年，哪里还有闲心管别的！

九婆婆再次现身我的生活中是一个秋天，隔壁最疼我的二娘要生弟弟了。"弟弟"是奶奶预言的，后来"弟弟"在二娘肚子里转胎成了"妹妹"，使奶奶很不好意思，她无奈地叹息，说九婆婆"滑头"。

按奶奶的说法，九婆婆早就知道是女孩，因为盼孙子心切，奶奶曾两次请教过九婆婆。

九婆婆像个得道高人，说，男孩女孩都是王母娘娘的好孩儿。奶奶说，她竟然天真地幻想过九婆婆的话，以为九婆婆暗示她是双胞胎。

"妹妹"就是九婆婆给接到这个世上的。二娘生孩子，我碰巧赶上，尽管被赶在大门外，但二娘的呼喊声把那个春天果子沟的花朵都震毁了。

提前凋零的花朵暗示我一个道理，出生和死亡是同样可怕的事。

当二娘的嘶喊声弱下去，一声新生儿的哭声嘹亮地响起时，我感到太阳的明亮慢慢来到眼前。

我那时暗下决心，一定要在一个明亮的、馨香的早晨对二娘说，再也不准你生孩子了。

我后来真的和二娘说过这话，她笑眯眯地说，不生孩子，那还是女人吗？二娘肯定没听进我的话，因为转年她又生了，是男孩，还是九婆婆为她接生的。

这次我看见九婆婆坐在二娘家的苦楝树下，手里端着一个瓷盆，里面盛满小土豆一样的鸡蛋。

一个又一个地摩挲，九婆婆从容地享受她得到的馈赠，十分满足，十分安静，使我羡慕不已。

奶奶说，在我们这一代前，果子沟的孩子无一不是经过九婆婆的手接到这个世上来的。

传说她接生手艺高超，再难产的孩子，她都有对付他们的高招。而九婆婆给狐狸接生的传说，把她接生的传奇演绎到了最高点。

一个月黑风高的夜晚，九婆婆被一阵急促的敲门声惊醒，来人低低地挑着灯笼，恭请九婆婆出趟门，烦劳为他的主人接生。

接生的召唤在九婆婆那里，就像号角之于战士，她立即就出门了。走到门外才想到忘了带那个接生的布包，但迎接她的人说，不必带任何东西，家里都准备好了，路途遥远，得劳烦九婆婆坐进轿子里。

接生大半辈子，九婆婆还没坐过轿子，她想不到谁家有这么远，需要坐轿子，看来真是事情急迫。

九婆婆被叮咛要紧闭双眼，之后只感到一阵眩晕，清醒过来已经身在一片明亮的灯光中了，向女人双腿间看一眼，九婆婆禁不住喊了声"菩萨"。

据九婆婆事后回忆，那个孩子几乎是在母亲的肚子里劈腿站立的，那能生得下来吗？

接生无数的九婆婆放开手脚，她一会儿温柔地顶住婴儿的脚，慢慢向回送，直到婴儿的两只脚平缩回来；她一会儿托住产妇的臀帮助婴儿翻转，直到迷路的孩子找到顺利的出口。

孩子的哭声是九婆婆最大的慰藉，九婆婆从梦境般的虚幻中走出来，迷迷瞪瞪，再次看见那个接她的人挽一个布包出来，千恩万谢地说要送九婆婆回家。

临出门前九婆婆鬼使神差地在那家的大门口按了一个手印。传说后来有好事者一路寻觅九婆婆的手印，竟然真的找到了，但那不是什么大户人家，是一座高坟。

九婆婆打开那个布包，里面是一件做工精良的华丽衣衫，九婆婆一辈子都没穿过那么好的衣服。衣服合身合体，简直就是为九婆婆量身定做的。

转天，九婆婆的门口出现了一朵鲜艳的佛手花。果子沟的人都是善良的人，再也没人去找那个手印，而是相信了现实的美好。

很多年过去了，果子沟九婆婆接生过的一代代人，全部接受选择了新生法，产妇临产时，都早早地去医院候着。

有个性急的女人和丈夫吵架后生气回家了，刚到家门口，就哭爹喊娘地要生产，眼看返回医院是来不及了，就这样把自己送到了九婆婆手里。

那时的九婆婆已经非常虚弱，她出门都得坐在一把竹椅上被晚辈抬着去门口晒晒太阳。但这个"来不及"的女人需要九婆婆，因为那个已经要出来的孩子等不及退回去了。

九婆婆说她那天是魂魄返照，她竟然能坐起来，还能清醒地嘱咐身边跟过来的儿媳赶紧烧开水，煮剪刀煮盆子煮床单。果子沟有史以来最匆忙的一次接生竟被九婆婆演绎成了最后的一个传奇。

那个被九婆婆接到人世的孩子用响亮的哭声跟世界报到，鸣谢九婆婆。九婆婆说，这个孩子是来报答她的，这孩子就是一朵佛手花。

往事沉寂，只有回到故乡，才能回到忆旧的情景里。今年春节回老家，听说我们的九婆婆去世了。听到消息是除夕夜，冷冷的星光下，恍惚觉得村子的历史折了一角。

在那个折角处，我听说了那场别样的葬礼，使历史呈现感人的暖色。我还听说，在把九婆婆送上山的第四十九天，果子沟的逝者，将再也不能埋进土里，要一律实行火葬。往后，果子沟人的生与死，都彻底和以前不一样了。

说到底，九婆婆是个吉祥的人。

剃 脑 袋

○赵新

　　我小时候理发不叫理发,叫剃脑袋:村子里不管谁的头发长长了(当然他得是个男人或者男孩),一律要拿刀子剃,一律要把脑袋剃得精光精光。剃的过程很简单:在锅里烧上两瓢水,水热了,舀到脸盆里,把头发来来回回洗一洗,然后往墙根儿一坐,给你剃脑袋的人就下了刀子。他们手里的刀子都是铁刀子笨刀子,刀背厚,刀刃又钝,那不是剃而是刮,咯吱吱,咯吱吱,一刀一刀挖下去,疼得入骨,疼得钻心!

　　我是村里最怕剃脑袋的人。看见有人剃脑袋,我就想到了杀猪,猪被杀死之后要用开水烫,然后把毛刮下来,露出白嫩的肚皮和脊梁,和人剃脑袋有些相仿。可是害怕剃也得剃呀,想躲也躲不过去呀!

　　那年我长到了八岁,夏天我该上学了。

　　爹知道我害怕剃脑袋。爹和我商量说,二小,眼看你要上学了,把你的脑袋剃剃吧!

　　我说不剃,剃脑袋和上学有什么关系呀!

　　爹说,剃剃看着清秀啊!你三个多月没剃脑袋,看着像个闺女啦!

　　我说,闺女就闺女,闺女人家也让上学!

　　爹说,二小,是学校的老师让你剃脑袋的,老师说给我好几回了。你剃不剃?

我含着满眼的泪水和爹达成了协议:第一,剃。第二,要请村里的赵清水大叔剃。清水大叔是剃头高手,赫赫有名,全村子人都说他的刀子快,刀法好,下手轻,剃脑袋一点儿都不疼,还很舒服。第三,剃的时候爹要在旁边守着我,给我壮胆,因为四十岁左右的清水大叔身材魁梧,方脸大眼,威风凛凛,嗓门洪亮,往他跟前一站,我有些胆小!

　　爹一连请了三次,才把清水大叔请到我们家里。爹悄悄地告诉我,清水大叔很不愿意到我们家里来,说一个七八岁的孩子也要点名让他剃脑袋,他剃得过来吗? 你们有多么了不起? 爹告诉我一会儿剃脑袋的时候要和清水大叔配合好,人家怎么说,咱就怎么做;人家是白给咱剃,咱不能挑鼻子挑眼……

　　爹一言未了,清水大叔来了。

　　那是中午,庄稼人歇晌的时候。听说清水大叔要给我这个孩子剃脑袋,院子里围了不少人。我们院里有棵伞一样的老槐树,树凉很大,树荫很浓。

　　我在板凳上坐着,清水大叔在我眼前立着。他围着我转了一圈,然后用手拍拍我的后背说,挺直了,把腰挺直了! 男子汉,你怕什么?

　　我十分紧张。我说,大叔,我胆小……

　　他哈哈大笑,把刀子一晃,胆小什么? 我剃脑袋不疼!

　　他一刀下来,我的脑袋上"沙"的一声,一绺头发落在了我的衣襟上。我又毫无缘由地想起了杀猪刮毛的场景,身子就抖了一下。

　　清水大叔不高兴了,你抖什么? 你抖什么?

　　我怯怯地说,疼!

　　清水大叔更不高兴了,连着给我刮了几刀,你大声说,是真疼还是假疼?

　　我说,真疼。哎呀,越来越疼!

　　清水大叔恼怒了,收起刀子对我爹说,赵清和,你看见了吧? 当着这么多乡亲的面,你儿子砸我的牌子,坏我的名声,臭我的手艺,这脑袋我不剃了!我剃过的脑袋比地里的西瓜都多,谁说过疼?

爹赶紧伸手拉他,兄弟,你别和我家二小一般见识,他还是个孩子……

清水大叔扬长而去,我的脑袋刚刚剃了一半。

院子里的人嘻嘻哈哈地走了,留下一只母鸡在那里悠闲地转悠。

摸着我的"阴阳头",那天下午我没敢出门。爹下地之前给我说,别哭别闹别上火,晚上他一定想办法,把我那半个脑袋上的头发剃干净。

那天晚上月亮很大很圆。我们刚放下饭碗,清水大叔就气喘吁吁地跑到我们家里来了。他给爹深深地施了一个礼说,哥啊,对不起,难怪孩子说疼呢,原来是我拿错了剃脑袋的刀子——这把旧刀子我好几年不使了,孩子能不疼吗?

于是我又坐在了板凳上,清水大叔又拿起了一把剃头刀。

明亮的月辉里,大叔问我,二小,疼吗?

爹在旁边咳嗽一声,我赶紧说,不疼,不疼,挺舒服!

清水大叔说,疼就忍着点儿,剃脑袋哪有不疼的?他们说不疼那是糊弄我、抬举我,他们有他们的用心;不过就是疼,你也不能当着大伙儿面说,你懂这个道理吗?

乡间稻草人

二乘以三得八

○赵新

　　我小时候很笨,七岁了还没有上学,不识字也不识数,当然更不会算账。村里人笑话我,说我是个傻二小。

　　有一天,我们村开了一家小小的杂货铺,卖针头线脑、纸张文具等,也卖吃的喝的,比如炒花生、红枣烧酒等。店铺就在我们家的斜对面,掌柜的是我的本家赵泰爷爷,一个很斯文的白胡子老头。开张那天,他先在店铺门口放了两挂鞭炮,然后在大门上贴了一副鲜红的对联。我问赵泰爷爷这对子上写的什么,赵泰爷爷告诉我,上联是"有酒今日醉",下联是"没钱你别来"。我问他这两句话啥意思,赵泰爷爷说,傻二小,这还不好说吗?回家问你爹赵清和去!

　　回到家里,我真把那副对联给爹念出来了,并问爹这是什么意思。

　　爹是一个四十多岁的农民,满头黄尘,一脸汗水。爹想啊想,想啊想,终于在抽了一袋旱烟后说,二小,他那副对子意思很明白,一是劝说和鼓动人们买他的东西,手里有钱要舍得花,过好了今天再说明天,今天不管明天的事;二是他做买卖不赊账,不还价,有钱你就买,没钱你别进他的铺子。爹说赵泰这个人虽然识文断字,可是很小气,很抠,财迷脑瓜……

　　爹忽然问我,二小,他那副对子没有横批吗?他应该有个"不赊不欠"的横批！

爹说对了，不一会儿赵泰爷爷就把横批贴出来了，不过不是"不赊不欠"，而是"概不赊欠"！

我很佩服爹的智慧和眼光，尽管爹一字不识。

我又把那横批的事跟爹说了，爹笑着说，二小，你这个爷爷把一枚钱看得比磨盘还重，你可别去买他的东西，小心他糊弄你，欺骗你！

我冲爹点了点头，好像很听话，但是我在心里想，你不给我钱，我去干什么？人家又不赊账！

那天我们家里来了客人，爹要点火做饭时，突然发现家里没了洋火（火柴）。爹不敢怠慢和冷落自己的亲戚，就交给我两毛钱，让我赶紧去买洋火。爹告诉我是二分钱一盒洋火，我们买三盒，剩下的钱一分也不能花，要如数拿回来。爹就说了这么几句话，让我赶紧跑着去。

进了赵泰爷爷的铺子时，那位白胡子老头正趴在柜台上噼里啪啦打算盘。他头戴一顶瓜皮帽，身穿一件蓝布长衫，鼻梁上架了一副老花镜，比学校的老师还显得有文化、有尊严。他把算盘推到一边，俯下身来摸着我的头说，二小，人家别的孩子都上学了，你为什么不上？我说，爷爷，我笨，我不识数！他说，你小子不上学，不就越来越笨，越来越没出息了吗？我说，爹不让我上学，说我们掏不起书钱！他说，你爹糊涂！掏不起书钱不会借？他还让你当一辈子傻二小呀？他猛地把柜台一拍，短见，你参真正是短见！

赵泰爷爷的脸红了，那把雪白的胡子也抖动起来。他坐下去歇息一阵，这才问我买什么，身上带了多少钱。他很仔细很认真地告诉我，他铺子里的洋火是二分钱一盒，你要三盒，用乘法算，二乘以三得八。他说，你身上带着两毛钱，用减法算，两毛减去八分，我应该再找给你一毛钱。你听明白了吗？听不明白，回家问你参去！我说，明白了，明白了。其实我一点也不明白，他一会儿乘法一会儿减法，我的脑袋早大了,早晕了。

那天晚上,爹好一阵激动,好一番感慨,好一番叹息!

爹先是批评赵泰爷爷,这个赵泰,想钱想疯了吧?不顾仁义道德,不看同宗同家,光天化日之下欺负我们,他的良心呢?爹说,他可真会打算盘哪!一盒洋火二分钱,三盒应该是六分钱,从哪里跑出来的二乘以三得八啊?两毛钱减去六分钱应该是一毛四分钱,他多收了咱们四分钱。四分钱是个小数吗?两盒洋火呀!

爹接着批评我,你真是个傻二小!你就不会算一算?木头啊你!

昏黄的油灯下,爹流泪了。他的泪水掉下来,砸得桌面啪啪响。

我说,爹,那你找他去,让他把钱退回来!

爹说,他是我的长辈,我怎么去找他呀?他财迷脑瓜,他会耍手段,他要是不认账呢?撕破了脸面,吵闹起来,岂不让人笑话?罢罢罢,忍了吧,和为贵。你明天上学去吧,爹给你借钱去!

第二天我就上学了。我发现我不笨,老师教的字,我都会写;老师讲的话,我都能记住。老师表扬了我,夸奖了我,我心里很高兴。

一天傍晚,赵泰爷爷穿着那件长衫到我家里来了。爹很有礼貌地接待了他,给他递了一袋烟,给他端了一碗水。赵泰爷爷对爹说,赵清和,听说你让二小上学啦,真的吗?爹说,真的呀!没钱我们可以借,我们不能再受别人的欺负啦!赵泰爷爷笑了,这就好,这就好,你早该这么做……你忙吧,我走啦!爹说,三叔,你别夸奖我,我这可是被人逼的呀!

赵泰爷爷走了之后,爹突然在水碗底下发现了四分钱!爹的手突然一抖,碰洒了那碗还在冒着热气的水……

爹是在三十多年之后去世的,那时候我在报社做记者。临终前爹对我说,二小,你还记得你赵泰爷爷吗?那个白胡子老头——在咱们村开杂货铺子的?我说,记得,记得很清楚呢!

爹说，喝水不忘挖井人——多亏了他呀！以后每年的清明节，你一定要到他的坟头上磕三个头去——人家为了谁呢？

爹走了，那是一个秋天，一个高粱红了、谷子黄了的日子。

出　息

○谢志强

　　我们家迁到这个院子有一年了,我还没见过阿婆的儿子。不过,每逢我拖欠作业,或者惹了小祸,爸爸妈妈教训我一顿之后,就会总结性地说:现在起,好好学,长大要像阿婆的儿子那样有出息。

　　阿婆的屋子直对着院门,有一个堂间,两间卧室,她住小的那间,就她一个人住,屋子很宽敞。堂间迎门挂着一幅观音像,像前一张八仙桌,红木的,桌前一炷香,两旁两个高脚玻璃碟盘,不是放水果,就是放糕点。我进去几次,那香总是燃着,很香,我盯那供品,却没敢去拿过。

　　我对妈妈说,阿婆迷信。

　　妈妈说,阿婆给她的儿子求佛。

　　我说,阿婆的儿子还要观音帮助吗?

　　妈妈说,阿婆年岁大了,图个吉利吧。

　　有时,镇里的官来探望阿婆,说是李局长忙,托我们来问候。还说,阿婆,有啥困难,您吩咐好了,我们近,方便。阿婆就有些过意不去的样子,说我给你们添麻烦了。我身体健康着呢。来的人会留下礼品,阿婆推也推不掉。

　　我知道了,阿婆的儿子姓李,是个局长。

　　过后,阿婆会来给我们分送些东西,都是探望她的人送的礼物。阿婆说:我的胃口和牙齿已享受不住这福分了。她还鼓励我多吃,吃了长身体。阿婆一走,爸爸对我说,看人家阿婆的儿子,多有出息,阿婆享福了。

　　妈妈说,将来,我们全靠你了。最后又归结到我学习上来了。

　　我真烦。阿婆的儿子到底长得啥样?当然,他出门有小轿车,还有一帮人前呼后拥,可气派呢。有一回,电视新闻播出了阿婆的儿子的镜头。妈妈唤我去看。我放下作业。

　　阿婆的儿子正在接受采访,他正准备实施一个大的建设工程,那口气,胸有成竹的样子。我记住了他的形象,很胖,说起话来像背课文。可我背课文结结巴巴,我怎么能赶上他有出息?

　　我喜欢动画片。我扭头要走。妈妈叫住我。我烦,我知道妈妈又要说关于有出息没出息的话了。

　　果然,妈妈说,你还不谦虚,阿婆的儿子就是你的榜样。

　　爸爸说,态度要端正,拿出劲头来,像阿婆的儿子那样有出息。

　　我说,人家还要赶作业呢,老是说,老是说,念经一样。

　　那个礼拜天,我注意院中的蜜蜂在梨花枝间嗡嗡飞舞,一阵咔咔的皮鞋声传过来,接着,一个女的出现,穿得很讲究,脖子挂着银色的项链(是白金的),一看就是城里来的人。我猜她找什么人。

　　她叫阿婆,姆妈。

　　阿婆欢喜得不行,迎贵客那样,显得有点殷勤,说:贵生没回来。

　　我知道了,阿婆的儿子名叫贵生。

　　她说,贵生起早贪黑,指挥一个大工程,我都难得跟他说说话呢。

　　阿婆说,忙好,忙就好,正是忙的年纪就得忙嘛。

　　我妈妈说,贵生媳妇还像姑娘一样水灵呢。她说,都靠近四十了,不打扮,自己都要灰心呢。

过不多久，我听见阿婆的屋里传出"阿弥陀佛"念经的声音，我去瞅，阿婆的媳妇还跪在桌前拜图片呢。又是香又是烛，香气溢出来。

　　我悄悄报告妈妈，说，阿婆又迷信了。

　　我再去偷听，阿婆的经念得具体了，说是菩萨保佑她儿贵生步步高升，平安无事。阿婆的媳妇看来很虔诚，跟着阿婆念，替贵生祈福。

　　我想象中，阿婆的儿子很有能耐，连镇长都要他帮忙，可他还要图片的观音帮忙？他已经够出息了，还要咋出息？爸爸妈妈要我像他那样出息，我咋赶得上他出息呢？我连班里的学习委员也不是。

　　阿婆的媳妇似乎替阿婆的儿子求得了保佑，再露面，表情就舒展了许多。妈妈跟她拉了一阵闲话，说这样的男人是她前世修的福，这样的男人是咱们镇的荣耀。我知道阿婆的儿子比过去的出息又出息了一步——又升了一级，按妈妈的说法：阿婆的儿子是当官的料儿。

　　妈妈还说，贵生的福分就像院子里的阳光一样灿烂。

　　阿婆和媳妇听了都欣喜。阿婆的媳妇走的时候，我简直能听到她身上的金银饰品隐隐约约的声音，不过，那尖尖的高跟鞋，点击着墙门的石板路，一下一下，渐远，我担心那高跟一不小心会折断。

　　我料知妈妈会借阿婆的儿子这个榜样来说事儿。妈妈说，好好学，长大了像阿婆的儿子那样有出息。

　　我真想说我的耳朵都起茧了。

　　不久，阿婆的儿子出事了。妈妈强调，别对阿婆说，说了阿婆受不了。爸爸疑惑地说，贵生咋会说"忽视了学习"这话，他一直都学习拔尖呢，不学习，电视里他咋会说得头头是道呢？

　　爸爸听镇里的人说，阿婆的儿子错误出在工程"回扣"，我却联想到阿婆的媳妇那悦耳的金银饰品的声音，手、耳、脖都能发出声音。阿婆的媳妇又来了，那声音没了。连着两天，阿婆和媳妇都不露面，里边就响着木鱼声。我猜，图片的菩萨没保佑阿婆的儿子。是不是没把话传到？毕竟是张图片呀。

第三天，阿婆的媳妇出来，坐在树旁。妈妈去安慰她。

阿婆的媳妇说，你说阳光普照着我们的院子，可是，还是有照不到的地方。

妈妈脸红了。一时没话。最后，妈妈劝她想开点。

阿婆再没出过门，她病了。不久，听说阿婆的儿子要被判刑了。

那以后，我考试成绩差了，或者，惹了小祸（一般是打架吵嘴的事儿），爸爸妈妈就换了说法，会说，现在起，好好学，长大了，可不要像阿婆的儿子那样没出息。

一件新衬衫

○谢志强

我告诉妈妈,六一儿童节,学校要举行大型团体操,也就是"忠"字舞,老师规定,要穿白衬衫、蓝裤子。

妈妈要替我赶缝一件的确良衬衫,月白色的衬衫。

我提出要穿旧衬衫,到别人那里借一件。

妈妈已扯了一块的确良料做,那是她给我的节日礼物,可我喜欢穿绿军便装,农场流行的服装。

我固执地要求妈妈去借一件穿过的白衬衫。我说,新做的我不穿,要穿你穿。

妈妈笑了,说,还有不喜欢穿新衣服的孩子呀?

晚上,连队吹过熄灯号,妈妈燃起了煤油灯,开始一针一线地缝制我的衬衫。她的脸凑近灯光,仿佛要把光亮一起缝进衬衫。昏黄的光将她的身影投在屋顶,似乎妈妈耗尽了精力,轻盈地飘浮起来,贴着芦苇搭起的屋顶,一根一根的椽子,像瘦露的肋骨——妈妈的身体在膨胀在融化,墨汁一样。好久好久,那影子固定住了一样一动不动。

第二天,清晨,妈妈欣喜地唤我起床,说,来试试,合不合身。

我嘟哝了一句,我咋去学校?

妈妈把衬衫套在我身上,感觉里,衬衫在紧缩,裹得我喘不过气来。

妈妈眼角布着皱纹,像石头掷入宁静的涝坝,她说,正好,不大不小,穿着多精神。

我的心里已酝酿着一个行动,今天我不去学校了,我受不了同学们轻蔑的目光,好像我已叛变、堕落。

妈妈替我拿来书包,我咬着馒头,顺手拿了一盒火柴。我害怕去学校。这件崭新的白白的衬衫,好像一下子,我成了另类。我一向以穿旧衣服自豪自信,而且,很自如自在。可是,我不愿妈妈伤心。

走出家门,我担心遇到同学。往常,我们相约去场部的职工子弟学校。眼下,我突然不知该去哪儿了。

我四处张望,幸亏没有同学的影子,我今天提早出门了。我想到了树林。连队果园旁边一条最茂密的林带。正值春天,沙枣花已开了,我想象树上的鸟窝。对,我去掏鸟蛋。

而且,我已编定了旷课的理由,我生病了——拉肚子。我从未旷过课,老师相信我真的生了病。我溜出连队的家属区,径直奔向那条林带。我的脚步轻快起来,像一只小鸟在飞翔——摆脱了同学的目光和议论,我身上的衬衫兜着风,抖动着,像是欲携我腾奔起飞。

满林子花香鸟语,它们不在乎我的闯入,倒似新奇地议论我和我那件月白色的衬衫,那是欣赏、赞美的声音,甚至,枝头蹿上蹿下的鸟儿抖擞着羽毛,像是跟我比美。衬衫受了鼓舞,不停地鼓动着,弄得我的皮肤很舒服地生痒,像是一只细柔的手在抚摸我。

我想到坐在教室里的同学,我的座位,像缺了的牙齿。我不可能明天还逃学。我躲避不掉我去学校的事情,我便怪起了衬衫,我想,妈妈应该用一块旧料子替我缝衬衫,甚至,直接用磨损过的料子,那样,我就不必提心吊胆地走进学校了,不会背上"资产阶级思想"的嫌疑了。

乡间稻草人

衬衫并没有在我的愿望中迅速地陈旧，它好像故意跟我作对，而且，保留着熨烫过的线条。我开始在带刺的沙枣枝间穿行，那刺挂枝撩的感觉，我幸福地接受了，我脸和肩生痛，我似乎嫌它们还不狠，它们扯住我的衣襟，我竟以为是它们的亲近，好似朋友留住我一起玩耍。

我的白衬衫留下了叶汁的绿印、灰土的条印，当然，还有，拉毛的线印。林子的树，帮助我"改造"我的衬衫——正可喜地转向我希望的样子。

接着，我攀上树——贴着身子，尽量让衬衫跟粗糙的树皮亲密摩擦，那样，同学不再借题发挥、上纲上线了。我可以说，这本来就是一件穿旧的衬衫。

我毕竟习惯了穿旧的衣服，好像旧衣是我的舒适居室。一个麻雀蛋破了，黄白的流质粘在领子口，很快又凝固住。衬衫又增添了陈旧。这样，衬衫和我的身体渐渐地和谐了。

我把麻麻点点的麻雀蛋、斑鸠蛋裹了泥巴，点上枯枝。一会儿，我拨开烧热的鸟蛋吃起来，还有两只快要出巢的麻雀，肉很香。

我看看林子慢慢阴沉下来，该是学校放学的时间了。我为难起来，我这副样子回家，妈妈一定伤心，一件崭新的衬衫，折腾成这样了。

我还是得回家，好像犯了错误，推延着惩罚的时间。我从小路绕到屋背后，终于推开了家门。

妈妈吓了一跳，说，咋啦，跟同学打架了？

我说，没呐。

爸爸说，没？你脸上血印子，谁抓破了你的脸？

我说，真没打架。

妈妈抽泣起来，说，好端端的衬衫，弄得又破又脏，我缝了一夜，你不知道爱惜。

爸爸说，是谁，你领我去。

我说，真没打架。

爸爸火了，说，难道你自己跟自己打？窝囊，挨了打，还不敢说，一定是你惹了人家。

我说，我没惹。

妈妈说，没惹，新衬衫咋成这样？

爸爸扇了我两巴掌，我哭了，妈妈连忙来劝，而且，声称明天陪我去学校"评理"。

我就哭，哭得很委屈。我听爸爸失望地说，窝囊。

我的哭奏了效，妈妈催促着吃晚饭，她替我担心——爸爸大气升上来，不知怎么揍我呢。我的两颊火辣辣的一片，可我心里很安慰。明天，我可以穿上衬衫去学校了。

妈妈赶紧洗了我的衬衫，晾到门外。疲倦一下子包围着我，疼呀麻呀，在我的身上盲目地流窜着，好像庆祝它们的胜利。我，却偶尔说，这下，你要爱护衬衫了，新新的衬衫已旧得这么快，你是穿旧衣服的命。

我不吭声。后来，电灯灭了（连队的发电机接熄灯号停止运行），妈妈点起了煤油灯。妈妈身体的投影在屋顶来回挪动，它像一片乌云，浓厚起来，膨胀起来，我想到了倾盆暴雨。可窗外是明朗的星空。那天晚上，梦里，我淋得像落汤鸡，衬衫可怜巴巴地贴着我的身体。

马尾掸子

○谢志强

现在,我想起塔克拉玛干沙漠边缘的那段生活,三次搬家,都跟马有关。

六岁之前的生活,一片空白,仿佛没过过那几年,而是直接进入六岁。六岁是我记忆的开端,准备离开托儿所和即将走进学校的年纪。

爸爸总是不在。他留给我的印象,背着个帆布包,一副上路的样子。临走,他那又粗又硬的长满胡茬的下巴,蹭蹭我的脸,我便躲闪。他一走就是一个星期。

那时,没有自行车,他步行去各个连队,给马匹钉掌。出门鼓鼓囊囊的包,回来,就瘪了。当然,还带回磨损了的铁马掌,他会送到团部副业队的铁铺,进行回炉。

我能闻到他身上浓重的马臊气味,那是马料、马粪、马汗混杂在一起的气味。歇两天,那气味渐渐淡了,他又出门,似乎是要特地重新熏染一下那气味。

我已习惯了爸爸不在的日子。可是,有一次,超过了一个星期。两个星期了,爸爸还没出现。他出现时,左臂已打了石膏绷带,纱布条绕着脖子,吊起左臂。

他铲马蹄时,马尥蹶子了,踢断了他的左腕。二级残废。

于是,我们第一次搬家。本来住在团部,搬到了三条林带(一条林带一千米长)外的十五连。爸爸饲养连队的马。当时,马匹是农场的主要生产工具(运输、耕地)。

爸爸不再出远门了。放学了,我常去马厩捉麻雀。我喜欢马厩的气息。有时,躺在爸爸的地铺上,能听见马嚼草料的声音。马槽前,爸爸跟马说话,批评一匹马挑食或抢食,还指名道姓。爸爸给马起了名字,马熟悉自己的名字。有时,我叫"旋风",那匹枣红马就会扬扬头,"咴咴"地应。

爸爸是个闷嘴葫芦,平时,不大跟别人说话。可他跟马说话,就像一位首长跟战士谈话。过去,他不沾酒。不知什么时候起,他会喝两盅,特别是冬天,萝卜干儿当下酒菜,甚至大沙枣、杏干儿也行。我就分享其中的沙枣、杏干儿。

这时,爸爸就摆谱,讲他战争年代当首长的警卫员的事儿——他怎样照料首长的马,那时,他学会了钉马掌。有一次,他救了首长。为了向我证实救过首长的真实性,他还撩起衣服,亮出左胁的弹痕,还有头顶核桃大的疤(再也长不出头发了)。他告诉我,首长已经进北京了。爸爸竖起大拇指,意为那是个大人物。后来,长大了,我在报纸上、广播里时不时地看到、听到那位首长的名字。

我念初一时,又搬家了。连队有了拖拉机。马厩翻建成了车棚。爸爸得跟着马走。马匹集中到偏远的、新组建的一个连队——向沙漠进军,开垦新的田地。

搬家的时候,我发现了爸爸的帆布包。里边的铲刀(铲马蹄的)、榔头(精巧的,奇形怪状的)、钉子(有棱角,粗壮的马掌钉)、马掌(环形,有钉眼),时间已悄悄地在它们身上留下了铁锈。爸爸粗暴地阻止了我丢弃帆布包的行为。他说,留下,给我。

我看见巨浪一般的沙丘,仿佛它们随时会涌动。爸爸的话更少了。他默默地洗马,默默地添料,默默地清圈,默默地铡草。仿佛他即将率领马队,冲向浩瀚的沙漠。

后来,连队来了拖拉机,随着链式、轮式拖拉机的增加,马匹逐渐地减少,似乎马队在衰退。爸爸有时蹲在料槽前,鼓励马匹食草料,好像要重振他的马队。

我记得爸爸制作了一个掸子,枣红马的马尾掸子,尾骨做了手柄。下班后,他用掸子拼命地抽自己,好像他身上燃烧了一样,灰尘、草屑顿时飞扬。他狠劲地抽自己。我真怀疑,那是一匹马发怒了甩尾巴。

有时,我会好奇地拿着马尾掸子,一手将马尾掸子抵在自己的屁股上,一手挥舞着,做出扬鞭催马的姿态,那一刻,仿佛我就是一匹马。我奔跑、跳跃,偌大的马尾掸子在我后边甩来甩去。爸爸看见了,就拉下脸,好像我触犯了他什么,还夺过马尾掸子抽了我两下,生生地痛。

趁爸爸去团部(后来,我隐约知道,他找团长替马说话),我把马尾掸子藏到床铺底下。爸爸寻找马尾掸子的着急劲儿,好像失踪了一匹马。他还问我,我说我也没看见。我那口气,似乎马尾掸子自己跑走了。

随后,我忘了我藏马尾掸子这档子事,爸爸会解了围裙扑打自己。围裙显然不如马尾掸子好使,我只装没看见。反正马厩空寂起来,隔段时间,马肉会出现在食堂的菜谱里。我吃得很香。爸爸绝不碰马肉。有时,他端着碗,蹲在别处。

我进了高中一年级,搬最后一次家,搬到团部附近的运输连。那些简易的老家具,好像要散架一样。我的书,装在炮弹箱里。最后搬的是床,搬开,亮出了地上的马尾掸子。

爸爸说,咋跑到这里来了?

我记起了我的劣迹,只是不想让爸爸像抽马一样用掸子抽我。不过,我的记忆里,爸爸从未打过马,至多,是做个打的样子。可他打过我好几次。

爸爸抖抖马尾掸子，还试着抽自己。抽起来，会发出呼呼的风声，似乎每一根马尾丝都发出了嘶鸣的声音。

马尾掸子已有了虫蛀的痕迹，毕竟是晒干的纯粹的马尾，床底下待的日子里，受了潮，虫子趁机而入。到了运输连，没有马厩，只有汽车。爸爸到菜地班，那里还有两匹马。菜地不大。我怀疑，是团部关照过了，有意给我爸爸留了两匹马。收工回来，他会夸张地用马尾掸子抽去一天劳动的尘埃——其实也没啥灰尘，倒是他的架势，去硬生生地抽出"灰尘"。

蜗牛天使

○王往

    我想学浮水。我八岁了，还不会浮水。我奶奶不让我跟人家学浮水。有一次，德光叔抱着我在水里刚浮了一会儿，我奶奶就找到河边，她把德光叔狠狠说了一回。奶奶说，德光，你几十岁的人了做事也不动脑子，小镜爸妈都在外头，把这个宝贝蛋儿给我看着，要是出了什么事，我怎么交差？德光叔红着脸说，我又不会害他，是他自己非要我教的，好了，以后不教了。我奶奶叫我上了岸，折了一根树枝就抽我，边抽边问，下次还敢不敢下河浮水了？奶奶从没这么狠心地打过我，就是我把她戴了几十年的手镯拿去和货郎换了一小块麦芽糖，她也没舍得打我。我哭着说，奶奶，我再不下河了。奶奶把我身上抽得青一块紫一块的，又揪着我的耳朵去找那些打工回来的男人，奶奶对那些男人说，你们不要教小镜学浮水啊。那些男人说，不会的，我们家的孩子也不让下河的。

    这几年，我们村里有两个男孩淹死了，旁边的村里也有小男孩淹死了，都是因为大人在外打工，没人伴着玩出了事儿的。大人出去打工，就留着我们这些小孩陪着爷爷奶奶，走时都会交代在家的人：不要让孩子下河浮水啊。现在，村里十几岁以下的没几个会浮水。

    奶奶不让人家教我浮水，我还是想浮。我想，一个男孩子不会浮

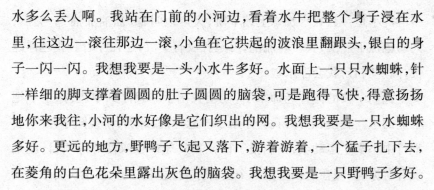

水多么丢人啊。我站在门前的小河边,看着水牛把整个身子浸在水里,往这边一滚往那边一滚,小鱼在它拱起的波浪里翻跟头,银白的身子一闪一闪。我想我要是一头小水牛多好。水面上一只只水蜘蛛,针一样细的脚支撑着圆圆的肚子圆圆的脑袋,可是跑得飞快,得意扬扬地你来我往,小河的水好像是它们织出的网。我想我要是一只水蜘蛛多好。更远的地方,野鸭子飞起又落下,游着游着,一个猛子扎下去,在菱角的白色花朵里露出灰色的脑袋。我想我要是一只野鸭子多好。

总是在我对着小河出神儿的时候,我奶奶就来了。奶奶先是骂我,然后又拉着我的手哄我。乖,奶奶的宝贝蛋子。回家去。回家了奶奶给你买冰棒吃。不要老想着浮水啊,河里有水鬼的。

我不想吃冰棒,也不怕水鬼,我就想浮水。

白天,奶奶看着我,到了晚上,我还想着浮水。我站在水缸边,看着水底的星星,真想像它们一样跳进水里。奶奶催我睡觉,让我和她睡一头,我不愿意。我想你又不是水不是小河。我睡在奶奶的脚头。奶奶叹息了一声,就拉灭了灯。

就在这个晚上,我学会了浮水,品尝到了在水里畅游的快乐。

奶奶的鼾声响起时,我听到有个声音在轻轻叫我:小朋友,你是不是想浮水呀? 我也轻轻回答,是呀,你是谁? 那个声音说,我是蜗牛天使,跟我走吧。

我下了床,到了门外,果然,一只美丽的蜗牛在等我。美丽的蜗牛对我说,我给你一个大大的游泳池,好吧。说完,它两只长长的触角往壳里一收,我的眼前就出现了一个宽大的游泳池。那水好清呀,星星们争先恐后地往里跳,大树小树也在里面练习起了倒立的功夫。我刚伸进一只脚,清凉的水一下子就浸入了我全身,我听到皮肤快乐得叫起来。这时,游来一只大乌龟,它叫我趴在它的背上,它说,我教你浮水。大乌龟驮着我,我双手不停地划着,双脚不停地拍打着。水花里,一群群小鱼一只只水蜘蛛上蹦下跳,大声地叫着"加油加油"。突然,大乌龟往下一沉,我一阵慌乱,可是我没有下沉,还在浮着。我越浮越快,高声叫着:我会浮水啦。

我们学校的体育老师来了,他朝我招手。我浮到岸边,抹了一把脸上的水。我说,老师,我会浮水了。老师说,好啊,小镜同学,乡里要举行中小学生运动会,我们报了田径乒乓球单杠双杠等等项目,就是没有游泳啊,现在的孩子没几个会游泳的,这下好了,你跟我去吧。我说,老师,我再练习练习,我一定要得第一。老师笑了,我一头扑进了水中。

"咚",我撞到什么了。

一只手在我头上揉着。我躲着,不疼不疼,我要浮水!

天亮时,我在水缸边看到一只空空的蜗牛壳。我捡起来。乌溜溜的蜗牛壳上有一个小洞。

我伤心地哭了。我说,蜗牛天使,对不起,我撞坏了你。

我奶奶在一边笑起来,孩子,这哪儿是你撞的,你昨夜撞在床靠背上了。

和沈小丫去洗澡

○王往

　　村里的女孩子谁最可爱？当然是沈小丫。为什么？因为她愿意和我们男孩子去洗澡。

　　开始，沈小丫有些害怕。她站在岸上，不肯下来，说我怕。

　　我们就往河的中间走，边走边说，水不深，水不深，你看，刚到肚脐眼儿。我们一直游到河对岸，然后，一个猛子扎了下去。我们几个男孩子几乎同时露出了脑袋，衔一口水对着沈小丫喷去——我们模仿传说中的水鬼。沈小丫说我不怕，你们在水底，我看见你们的脊梁呢。不怕就下来呀，我们真心实意发出邀请。

　　沈小丫试探着，把脚轻轻伸进水里。清凌凌的水，凉丝丝的水哟，沈小丫怎能不喜爱，她来回摆动着脚，咯咯地笑。

　　下来吧，下来吧。我们催她。沈小丫一只脚站到水里，踏实了，又挪进一只脚。

　　往里走，往里走。我们鼓励她。

　　沈小丫一步步往河中间走。沈小丫有些害怕，走不稳，我们就在旁边护着她，走到河中间，沈小丫往身上撩水。晶亮亮的水珠在她洁白的皮肤上滚动。真好玩，沈小丫笑了。

　　我来教你浮水，小丫。强子说。

我来教，我来教。我们几个男孩子都围了上来。

我怕。沈小丫摇头。

不怕，不怕。顺子说，你看这样，顺子平伸出两只手，贴着水面说，你趴在我胳膊上，两手往前划，两脚用劲拍。

沈小丫还是怕，说，我到边上去玩。

沈小丫到了河边上。我们叫她趴下，抓住河边上的树根，两脚拍水。我们一开始下河洗澡，都是这样。

沈小丫就趴下抓住树根，扑腾起来。

过了几天，我们就叫沈小丫到河中央浮水，沈小丫就不怕了。

可是，有一天中午，我们刚下河，沈小丫的妈就来了。她妈叫她上去，快把衣裳穿起来，跟她回家。沈小丫临走的时候，还可怜巴巴地看着河里的我们。我们听见小丫妈说，丫头家下河浮水，就你能，以后不要来了！沈小丫走了，我们也没有了兴趣，很快上岸了。

傍晚的时候，我们又去叫沈小丫。沈小丫噘着嘴说，我妈不让我去。我们说，去吧，等你学会浮水了我们带你到很远的河里去，让家里人找不着。

沈小丫说，那我们玩一会儿就回来。

这一次是我教沈小丫学浮水。沈小丫趴在我的胳膊上，我托着她。沈小丫的小手划呀划，小脚拍啊拍。我悄悄抽出手，哈哈，沈小丫没有沉下，还往前游呢！你们看，沈小丫会浮水了，伙伴们高兴得跳起来。这下沈小丫吓得大叫起来，身子往下沉，我赶忙上去托住了她。可是沈小丫已经呛了一口水。沈小丫害怕地说，你们再不托着我，我就不学了。我们说，你自己练几回，马上就会浮水了。沈小丫说，真的？我们说刚才你已经浮了几步远了，没人托着呢。沈小丫说，那你们再托着我浮吧。我们几个又争着教沈小丫了。

小丫！小丫！一个女人的声音，沈小丫的妈又找来了。

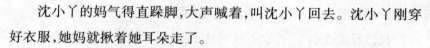

沈小丫的妈气得直跺脚，大声喊着，叫沈小丫回去。沈小丫刚穿好衣服，她妈就揪着她耳朵走了。

我们再去找沈小丫，沈小丫就不理我们了，说，我妈说，女孩子跟男孩子不一样。

我们又到河边，可是没有像每次那样，比着谁先跳到河里。

女孩子和男孩子有什么不一样啊？小顺边说边往水里扔瓦片。

就是不一样。三牛说，男的和女的都不一样。三牛是我们当中最大的，十一岁。

我们想啊想，男的和女的怎么就不一样呢？

那天傍晚时，我们几个男孩在一户人家屋后摘桑葚吃。三牛说，快来看，我们朝着三牛指的小窗里一看，是一个女人在洗澡。我们好奇极了，几个脑袋挤在一起，往里看那女人洗澡。顺子就忍不住笑起来，那个女人扭头一看，慌忙抓起凳子上的衣裳。我们吓跑了，那时候，村里人刚从田里干活回来，一回来就洗澡，男人下河，女人在家里。我们又到别的人家去偷看女人洗澡。

很长一段时间，偷看女人洗澡成了我们的乐趣，又惊险，又刺激。我们好像非要知道男的和女的为什么不一样才甘心。

后来，女人们一见到我们几个男孩就说：小畜生。有些女人叫男人捉我们，捉到就打，但是我们一次也没被捉到。

有天晚上，村里人轰动起来，说捉到了一个偷看女人洗澡的男人。

我们几个男孩一直在一起啊，我们数了数，顺子、强子、三牛、宝虫、小文，一个不少，那是谁？我们跑去一看，啊，是才贵。才贵二十多岁了，偷看女人洗澡，真好玩。才贵被人绑了，吊在树上打着，身上被人用裤带抽出一道道紫印。好久，才贵才被放下来。才贵倒在地上，快要死的样子……

后来，我们就不敢去偷看女人洗澡了。我们怕抓住后，人家像打才贵一样打我们。

我们看见沈小丫,再也不敢理她了。

我们不去河里洗澡了。

河边的树杈上,少了两件花衣裳。

去城里的亲戚家

○王往

　　我知道我妈要去城里的亲戚家了。你看,她把菜籽油往头上抹了。我妈平时倒油时,总是把油瓶轻轻地一歪,点了两三滴,就迅速地把油瓶立起,嘴唇对着瓶口飞快地一舔——她才舍不得费一点油呢。你看,我妈穿新鞋子,蓝底红花的鞋帮,多新鲜!不去城里的亲戚家,她不会舍得用菜籽油抹头发,不会舍得穿新鞋子。

　　我知道我妈要去城里的亲戚家了。你看,她现在又开始给我妹妹打扮了。她衔着皮筋,在给我妹妹梳头,她要给妹妹扎羊角辫子。可是,对我不闻不问。不去城里的亲戚家,我妈不会有耐心打扮我妹妹,也不会不让我跟着。

　　我说,妈,我也要跟着你去。

　　我妈想也没想,就说,你不去!

　　我说,我去嘛!

　　我妈说,你去干什么,你去讨人嫌!

　　我知道,再说下去不会有什么用了,最多能得到两巴掌。

　　我妈拉着我妹妹的手上路了。妹妹扭过头,得意地挤眉弄眼。气死我啦!我妈一去城里走亲戚,就带我妹妹,就是不带我。城里的亲戚是我妈的三妹妹,我们叫她三姨娘。我们家的亲戚只有三姨娘家在城里。去别的亲戚家，我妈从不怎么打扮，拉上我和妹妹就走。可是去三姨娘家，我妈就把我妹妹仔仔细细地打扮一番，还不允许我去，说我爱乱动。我爱乱动怎么啦，我到哪儿都爱乱动……不过到城里我就不乱动了嘛，可是妈不相信。我不死心，我妈和我妹妹在村口转弯时，我就跟了上去。到了大路上，我妈回头望望，我赶忙站住了，随手摘了一片柳树叶，吹起叶笛，装着不再要去的样子。等她们走了一段路，我又跟了上去。快到涟水大桥时，我妈她们站下来歇会儿。我妈看见了我。我妈朝我挥手，叫我回去。我愣了一下，就躲到路边的麦田里。刚抽出的麦穗刺着我的脸痒痒的。我不敢多待，顺着麦田边跑起来。我登上涟水大桥时，我妈她们正在北岸呢。我又站住了，我妈朝我招手。她要让我过去？过去会打我吧？我迟疑着。我妈又招招手。我只好跑向我妈。到了我妈跟前，我踹着粗气，汗水直滴，我把头扭向一边，不敢看我妈。我妈说，我就晓得你非来。我告诉你，到你三姨娘家，不准乱动。我说"嗯"，心里甜丝丝的。我妈拍拍我身上的土，又给我纽扣扣好。我妈又蹲下去把我的鞋带子系好了，看着我的破鞋头说你看这……唉。快到了三姨娘家，我妈停下了说，你到了那儿，不要乱翻，乱翻我打死你。我点点头，心里竟有些紧张起来。

　　到了三姨娘家，三姨娘很热情，拿糖果给我们吃。三姨娘家的糖果是装在大肚子的玻璃瓶子里的。各种各样，花花绿绿。我很羡慕，城里人日子真好呀，一瓶子糖，想吃就吃。我吃着糖，看着墙上的画，柜子上的闹钟、收音机，觉得稀奇极了，我很想去摸摸。可是，我妈老是对我使眼色，叫我不要动。我只好坐着，把糖纸折来折去，弄得沙沙响。我妈对三姨娘说，三妹妹，姐妹几个就你嫁到好人家了。三姨娘说，和你们比我是好些，不过在城里人家也是一般。我妈又说，这几年，不是你和他姨父帮衬，我那几个讨债鬼都养不活，不晓得怎么过呢。三姨娘说，姐妹们，不说这些话。我妈老说我们兄弟姐妹是讨债

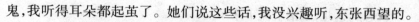

鬼,我听得耳朵都起茧了。她们说这些话,我没兴趣听,东张西望的。

过了一会儿,三姨娘家的儿子小光回来了。小光去过我家,我们很熟了,又差不多大,我八岁,小光九岁,我们最爱在一起玩。

小光一回来,就对我说,咱们去玩玻璃球吧。说着,他去找玻璃球。小光没找到,问他妈。他妈说,我怎么晓得,你自己找。小光很着急,我就帮他一起找。我想,会不会在柜子顶上呢?我就搬来椅子,站上去,到柜顶上看。我把柜子顶上的东西挪过来挪过去。突然,"啪"的一声响,吓得我差点从椅子上掉下来。天啊,一只陶制的小猪被我的胳膊肘碰到了地上。"小猪"摔得八瓣开花,"猪"肚里滚出了一地硬币。

我妈的脸色一下子变白了,一把将我从椅子上拽下来,狠狠地甩了我一个耳光。我三姨娘赶忙将她拉住了。我妈还要打我,颤抖着说,叫你不要乱翻,叫你不要乱翻⋯⋯我三姨娘说,算了算了,一只存钱罐,摔坏了就摔坏了。我吓呆了,低着头,咬着手指头。

小光倒是没说什么,蹲下去捡钱。我妈也蹲下去,边捡钱边说,这孩子,小光,姨娘回去还要打他的。

钱捡起来了。三姨娘让小光带我出去玩。

小光还没走,我先到屋外去了。

小光让我和他去店里买玻璃球。我慢腾腾地走着,不说话。小光说,快啊。

我说,我想回家。

小光说,姨娘还没走呢。等你们走时,我也和你们一起去,你们家可好玩了。

小光的话,让我想起一件事:小光上次在我们家,打碎了一只碗,砸死了一只小鸡。但是,我妈一点没生气,还对三姨娘说,城里的孩子就是活泼,不认生。三姨娘也没骂小光,没打小光。

我想到这儿，眼泪就流下来了。

我丢下小光，跑了。

到了涟水大桥时，我站住了。桥南岸是农村，桥北岸是城市。北岸和南岸的孩子是不一样的吗？

我边走边用棍子抽着路边的小树、野草、野花，把它们的枝劈断，叶打碎，花打烂。

那天，我妈回来，我没有躲起来，我等她打我。我想她把我打急了，我要问她，我和小光有什么不同？可是，我妈没有打我。我有些急，有些失望。

第二天的课堂上，老师教我们读课文：工人、农民、科学家、解放军——你长大了干什么？

然后，老师提问。老师问我，你长大了想干什么？

我说当解放军。

老师问，为什么？

我说，我要背一包炸药，把敌人的大桥炸了。

同学们都笑起来。

老师说，你过来。

我走上去，老师拧着我的耳朵，使劲儿转了两下，把我往后一搡，就你爱捣乱！

唉，我还是挨打了。

小 亲 戚

○巩高峰

在托儿所的最后一年春天，我家院子里多了一棵树，是梨树。

它一进院子就占了两株美人蕉那么大的位置，所以我好大不乐意。院子里的地盘向来都是我一点一点规划的呀，如今这么一棵黑乎乎、丑兮兮还有好多疙瘩眼儿的小树，轻而易举就攻进了我的花园，我凭什么乐意呢。不过我妈边往树坑里填土，边向我保证："今年栽活它，明年就挂果了。"

挂果我是懂的。我栽了那么多花，开花之后顶多长一些种子，可没有能挂果的。所以想象着这棵丑不拉叽的梨树明年满树丰收的景象，我默认了。

我妈说："这可不是普通的梨树，是嫁接过的，苹果梨。"

见我兴致不太高，我妈在填好土的树根周围踩出了两排整齐的脚印，然后边浇水边用诱惑的腔调给我解释："苹果梨就是把苹果的枝条嫁接到梨树上，这样梨树结的虽然还是梨，但是是苹果的形状，而且味道也更好。"

"哦，那如果把羊嫁接到牛身上，或者兔子嫁接到猪身上，是不是它们也会生出来更先进更好的品种呢？"

我妈白了我一眼，拍了拍手上的土，走了。

不过，这棵嫁接过的梨树却隐隐成了我的希望，毕竟能在自家院子里摘水果吃，这是比上天摘星星都美好的事情啊。所以，天晴得久了我就盼着下雨，天阴得久了我就想给它撑伞，秋天落了叶子我在一旁惆怅，冬天大雪，我悄悄找了个麻袋片给它裹上。它慢慢占据了我对花的宠爱，逐渐丰盈着我垂涎欲滴的欲望。

第二年的春天有点晚，而且缓慢得让我觉得过年都很讨厌。

好像是已经失望至极了，一觉醒来，忽然发现梨树竟然白了一圈。我急得鞋也没穿就跑去看，它竟然开花了。天呐，原来梨树是先开花，后长叶子的。

一树花，就是一树梨子啊。我咧嘴笑了一天，梦里，满树的苹果梨压断了树枝，急得我直叫唤。可是哪里想得到呢，花开满树，花瓣落了之后竟然只剩下四个小拇指大小的青梨。

见我愤怒又失望，我妈笑着说："这么棵小梨树，又是头一年挂果，它能有多少养分？第一年能结四个梨就不错啦，要是让你不学一次就拉着犁下地耕田，你行吗？"

当然不行，那是牛和驴子才能做的事情。

还能怎么办呢，我就是把自己挂上去，也不过就五个梨。好在梨树越来越茂盛，叶子绿黑绿黑的。除了阳光、空气我不能给它，水、粪、鼓励、梦想，我都能给。所以看着几个小拇指慢慢长成了大拇指，我觉得我的急切它们明白了。

夏天是随着暴风雨和骄阳来的。一场暴风雨过后，拇指大的梨子没了，因为风雨里夹杂着冰雹。

从泥泞的地上找到三个梨子，我眼泪都快出来了。第四个梨子我是在一片梨树叶底下找到的，它幸存着。意外的庆幸冲淡了我满腔无可奈何风吹去的忧伤，有一个总比全军覆没强嘛。我感谢那片危难之时显身手的树叶，它保存了我和梨树最后一个希望。

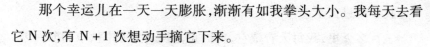

那个幸运儿在一天一天膨胀,渐渐有如我拳头大小。我每天去看它 N 次,有 N + 1 次想动手摘它下来。

它什么时候能熟到可以摘下来吃呢?

我妈终于给了我一个准确的日期:中秋节。

它越来越漂亮了,圆润得像个苹果,可果皮上又布满了梨子才有的粗糙斑点。仔细看时,我好像能看到里面的果肉和汁液。它还躲在那片梨叶底下,可叶子已经盖不住它了。

中秋节终于要到了,因为舅舅他们一家又来了。每年他们都在中秋节前一天带好多吃的、玩的,还有表弟表妹来我家。可是今年他们带了什么礼物我完全不关心,顶多不过是花生瓜子红薯干,难道有我的苹果梨可爱吗?我只想第二天的中秋节快点到,那样梨子就会光明正大地落到我嘴里啦。

不过,当前最要紧的是不能让表弟表妹发现,他们可不是省油的灯,掐过我的花,抢过我一直舍不得用的动物形状的橡皮,还穿走过我一件有着两个兜的罩衣。

不过怕什么来什么,表弟表妹刚进我家院子,就一眼瞅见了它。那个梨子确实已经黄灿灿得不像话,我用四片梨树叶子也没能挡住它的光彩。于是表弟表妹排练过似的,“啊”的一声扬起胳膊就夸张地围了过去,不仅看,还用手摸。

我急了,扑上去一把打掉了他们举起的小手,这个梨子我都舍不得摸,你们凭什么这么随便这么粗鲁。

被我连打带吓,两人哇哇大哭。我愤怒地鄙视着他们,完全没留意我妈,她微笑着,像一道阴影掠过。等我回过神儿来,我妈已经拧下了梨,洗了切了,边哄边塞到他们手里。

我妈竟然把那个梨只切成两半,还安慰并挑唆他们,让他们自己吃,别理我这个不懂事儿的小表哥。

我要晕过去了。

三百多天里，我每天看望它，呵护它，担心它，可中秋节的前一天，它被切成了两半，却没我的份儿。

表弟表妹举着各自那半个苹果梨，早已破涕为笑——果肉在他们的口中粉碎，汁液迸射。他们俩在我面前一小口一小口，不时感叹一声，真甜。

眼见一个漂亮得让人心碎的苹果梨变成梨核，我终于忍不住，眼泪跑了出来。

舅舅舅妈不知道该怎么办，因为他们越劝，我哭得就越厉害。我妈扬言要让我爸回来揍我，没用，我已经不管不顾了，天都塌了，我爸一顿揍算什么。我妈只好放下威胁和嘲笑，转而安慰我说："弟弟妹妹是小亲戚，要让着他们。而且梨树第一年结果不好吃的，明年才甜呢，而且明年会结得更多，都让你一个人吃……"

我知道我妈是在骗我，可我毫无办法。我是如此绝望，梨没了，被吃到小亲戚的肚子里了，除了放声大哭，我没有任何选择。直到哭累了，我说服了自己，还有明年。

可是那年冬天，我家因为要翻盖筹备很久的新房子，就拆了院子，挖了我所有的花，还砍了那棵梨树。因为一切都是我爸做的，我只能茫然而愣怔地看着，连哭一声都没敢。

小 伙 伴

○巩高峰

我们家一直就没断过养猫。

家里当然也养别的,各有各的用处嘛。养牛是下地耕田的,养猪是养肥了好杀了过年的,养狗是看门的,养鸡是因为它们能下蛋。

养猫,当然是捉老鼠的。

我早已忘了第一只猫来到我家的情景,因为那会儿我还没来到这个世界上。在我小学毕业的那个夏天,暑假开始的每一天都很空洞——紧张的考试之后是坠落般的失落,没有暑假作业,没有预习复习,而且一起玩儿的伙伴们走亲戚的走亲戚,补课的补课,我一个人百无聊赖。也因为这样,形单影只的我才留意到我家的那只猫竟然是只标准的美猫——猫身是灰、黑、深黄三色,虎纹一般整齐均匀;尾巴又粗又长,和身体的比例恰到好处,让猫看起来矫健修长又不失优雅;猫的眼睛是清澈的琥珀色,瞳孔中间的墨黑纯净而深邃。

这只猫在我家已经是第几代了连我妈也说不清楚,反正它们也一直都用同一个名字,咪咪。每一代咪咪似乎都是眼前的这个样子,连体型都没变化。讨喜的是,咪咪们继承着勤快高效的基因,所以我家一直没有被老鼠祸害,以至于我第一次见到老鼠的样子,是在我们班的《自然》课本上。

那个午后，家里人都在睡午觉，院子里因此寂静异常，连树上的蝉都不叫。从来不睡午觉的我意兴阑珊地坐在门槛上，托着腮，看着天。外面的太阳很大，没有风，整个世界似乎都和我一样，完全放空。

咪咪在院子里用各种姿势伸着懒腰，我无聊地唤了它两声。确定我是在叫它之后，咪咪试探性地朝我走了几步，尾巴微微一甩，尾巴尖朝上弯到面前，坐在地上认真地看着我。

我和它整整玩了小半天。等到我爸妈打着哈欠出门，太阳已经西斜，天气开始凉爽下来。我拽着咪咪的尾巴，让它原地打转，它也不恼。我还撺着它爬上树杈，下来时它嘴里竟然叼着一只蝉。什么都玩腻了，我看着院子里两棵树中间拴着的晾衣绳，突然冒出新的主意。我抱着咪咪让它上了树，然后示意它从晾衣绳的一端走到另一端的那棵树上。这事儿咪咪显然没干过，所以一直犹豫不前。我一着急，直接抱着它放在晾衣绳上，慢慢撒手，然后跑到绳子另一端的树下，召唤着它。它后腿抓着树皮，慢慢往前挪了两步，尾巴在空中竖得又直又高，但没走两步，就一翻身掉了下来。

它在空中尖叫了一声"喵呜"，然后"咕咚"摔在地上，"喵呜喵呜"的哀叫声微弱缓慢。就在我发愣的工夫，咪咪慢慢起身，晃了晃脑袋，慢慢拖着步子走开了，始终没再回头看我一眼。

吃晚饭的时候，我妈"咪咪、咪咪"叫了很久，唤它吃饭，可它一直没出现。之后很多很多天，我都没见到它。直到有一天晚上睡觉，我听到老鼠在房梁上成群结队、窸窸窣窣、旁若无人地跑来跑去，我知道，咪咪不会回来了。第二天，我妈在饭桌上说准备去别家再抱一只猫，不然粮仓很快就该遭殃了。我立马反对，说咪咪肯定会回来的。可是我嘴里塞着饭，他们都不知道我在说什么。于是我说着说着，哭了。

全家人都奇怪地看着我，不明白为什么我会这样。只有我妈似乎

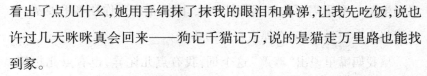

看出了点儿什么，她用手绢抹了抹我的眼泪和鼻涕，让我先吃饭，说也许过几天咪咪真会回来——狗记千猫记万，说的是猫走万里路也能找到家。

咪咪走了之后，我就把所有的后悔、愧疚、遗憾统统捏成一个词：弥补。我必须得做点什么，好让自己心里好过一点儿。我注意到我妈春天时买回的十几只鸭子，眼睛一亮。如今鸭子们已经长大一些了，刚刚褪去黄色的绒毛，长出褐色和白色的羽毛，嫩黄色的小扁嘴变成了姜黄色的大嘴。我妈说，鸭子比鸡勤快，鸡是隔一天生一个蛋，鸭子是每天一个。我知道，即使鸭子没有这个优点，我也会喜欢它们的。所以我主动承包了这群鸭子的所有事务，每天打扫一遍鸭圈，一天三顿按时喂它们。

我一点一点看着它们短短的脖子变长，并且戴上了绿莹莹的围脖。它们早上出门下水，我送去，晚上我一只一只再全部赶回院子。

直到有一天早上，我发现这群鸭子有好几只竟然一口食也不吃，一片菜叶也不肯碰。饲料不够可口？水不够清澈新鲜？换，通通换新的。可还是不肯吃一口，直到下午仍然如此。我不知道怎么了，但我知道肯定是我做得不够好。你想想看，不吃不喝怎么继续长大？不长大怎么一天生一个蛋？不能天天生蛋我怎么证明我这事儿干得还不错？

我必须阻止这让人沮丧的结果。于是，我把那几只鸭子隔离开，一一硬掰开嘴，强行填喂，一口饲料一片青菜再加一口水，它们还是不肯吃，大多都吐了。我亲眼看着有一只艰难而不情愿地咽下了这些，才稍稍放心。可是没多久，它就由蹲着变成趴着。第二天早上，它死了。我慌了，这才想起叫我妈来。

我妈看了看，说我把东西塞进了鸭子的气管。我妈又伸手摸了摸鸭子的屁股，说，这只鸭子有蛋了，可能是准备要下蛋了才不肯吃食。

鸡鸭生第一个蛋需要的时间都特别长，因为很痛。你往嘴里硬塞，它还能怎么办，只好用死亡捍卫自己的尊严。

从我妈嘴里说出"尊严"这个词，我有点儿诧异，也有点儿想笑，可是我笑不出来。我不明白，以前是我伤害了咪咪，可是这次我是好心，为什么好心还会伤害鸭子？

看着躺得直挺挺的鸭子，这次我没哭，但我很伤心。一连好几天，我都比看不见咪咪更难过。哪怕马上就要开学了，开学就要念初中了，可我还是没有一点儿兴奋，每天快快的，像生了病。

开学前一天，我坐在门槛上收拾书包。正午的太阳已经不像这之前那么暴晒了，只是感觉浑身暖暖的，有点儿痒。我抱着刚刚收拾好的书包，恹恹欲睡。突然，我听到"喵"的一声，开始我以为自己是在做梦，可是相继又听到几声更微弱的"喵"。

我睁开眼，慢慢看清了，竟然是咪咪。在院子中央的树下，咪咪正逗弄着一只"吱吱"叫的小老鼠——它时而用爪子摁住，时而用嘴衔回。接着，它身后五只跟它一模一样的小咪咪，每一个都学着它的样子，围着老鼠"喵喵"地惊叫着……

"咪咪，咪咪！"我叫它，咪咪扭头瞄了我一眼，没理我，而是向后退了几步，给小咪咪们让出戏耍小老鼠的空间。它走起路来右边的后腿微微有点瘸，但是不妨碍它尾巴微微一甩，尾巴尖朝上弯到面前，认真地坐在地上，看着它的孩子们。

小 老 师

○巩高峰

一直到上了小学我才知道,原来老师还有实习的。

老师不就是老师吗?还实习,实习是什么意思?临时工吗?班主任可没有那么多耐心听我们在底下窃窃私语,黑板擦往讲台上一拍,粉笔灰四起,他说:"实习老师就是实习老师,哪儿来那么多话?以后的两个月,大家要像对待我一样尊敬他们,多学新东西……"

像对待班主任一样?我们互相对视一下,有人吐舌头,有人扮鬼脸。

那几个实习老师随后就进了教室,看起来跟我们的哥哥姐姐差不多大,对着我们只会笑,露出整齐又白得吓人的牙齿。

没想到的是,上课时他们竟然怕我们。第一节实习老师的课是语文课,走上讲台的那位在门口退缩了两次,才低着头快步进来。站上讲台之后,他一直用两手拽衣角,眼睛直盯着脚尖,不敢抬头看我们。

静了一会儿,他对着面前的课本说:"同学们好。"我愣了一下,迟疑了一会儿才喊:"起立!"大家都有点好奇,于是凌乱地说了一句"老师好",就纷纷斜着身子去看他。他更紧张了,满脸通红。见我们哄堂大笑,他把身子朝前倾一点,两只手撑在讲台边上,稳住身子,可他的右腿一直在抖。

　　他没有直接翻课本开始上课,而是先做了自我介绍。他说他姓吴,口天吴,全名叫吴文化。我们又一次大笑起来,叫文化的人很多,但是叫吴文化的可能就他一个。他不知道该怎么让我们不笑,只好边说姓名边转身在黑板上写了"吴文化"三个字。就是这三个字,把我们镇住了。他的字和他满脸的羞涩实在是相差太大,字刚劲有力,有体有型,明显是仔细练过,写红纸上当对联都行。

　　于是我们忽然都不笑了。之后,他话少字多,越来越放松,越来越自如。

　　我们慢慢知道了实习老师的意思,他们是来练习当老师的。但是这么一来,我们因此有了音乐课、体育课、自然课、思想品德课。之前,这些课有一个统一的上法:自习。

　　我们好像集体被打开了第三只眼,知道了唱歌原来可以用很小力气就唱得很好听;体育除了做广播操,还有球类,甚至跳绳、踢毽子都算;自然课竟然是要做很多实验的,有时就从身边一只毛毛虫开始……

　　我们很快就把实习老师视为偶像,记住了他们的名字、年纪、属相,打听到了他们的学校,八卦他们有没有对象,老家是哪里的。我们上课盯着他们,觉得时间真是短啊,下课也缠着他们,大胆地进出他们的宿舍,随意喝他们开水瓶里的水,想要粉笔伸手就讨,想知道什么张嘴就问。他们爱笑,从来不恼,也不会不懂装懂,当着我们面就查字典翻书。

　　嗯,我们觉得他们简直就是春风,把我们的日子掀过了一页,让我们更好奇下面一页会是什么。我们根据他们说的方法学习,还学他们独自一个人走路时低头思考,抬头微笑。

　　直到有一天,我提出假设,如果实习老师替换现在的老师,怎么样?

可惜的是,我的假设刚刚萌芽,实习老师们忽然就跟我们告别了。两个月实习期结束,他们要返回学校,准备毕业,然后去掉"实习"两个字,做真正的老师了。

他们走的那天,班主任带着我们把教室里的课桌椅全打乱了,摆出一个空阔的场地,黑板上只有三个大粉笔字:欢送会。瓜子、水果、气球、彩带、歌舞,这些以前一出现就刺激得我们无比兴奋的东西,忽然失去了鲜艳的色彩。当班主任要求我们合唱一首歌送给马上要走的实习老师们时,我忽然很没出息,"哇"的一声哭了出来。这个头带得不好,"哇"声很快连成一片,几位实习老师眼圈也红了。我最喜欢的吴老师,第一个掩面出了门。

等我们赶到宿舍时,发现他们的东西都收拾好了,宿舍里干净利索,像是从来没人住过。

实习老师走后,日子像榨干了汁的甘蔗,无滋无味,又像风吹久了的馒头,又干又涩。见我们无精打采,老师们上课也没了精神,就连打铃的师傅好像都受了影响,本来是欢快的放学铃,却敲得结结巴巴。

有一天,从县城转学过来的许建军说,既然大家都这么想实习老师,为什么不给他们写封信呢?

对啊,写信,让实习老师们知道我们多么喜欢他们,有多想念他们。如果可以,再问问他们能不能争取分到我们学校来。

大家很快就欢欣鼓舞起来。于是每个人都提笔展纸,最喜欢谁、最想念谁,就给谁写。我第一个选了吴老师,虽然他叫吴文化,我却特别想让他来给我们教语文。

或长或短,我们每个人都写了好几页纸,有的叠成小船,有的折成心形,有的板板正正。许建军从家里拿来了信封,每个人都糊上了。地址一笔一画写清楚了,然后来到村口的邮筒前,排队轮流小心地把信塞了进去。

那个邮筒镇上的邮递员每隔一天就来取一次信。算上路上的时间,隔壁县的师范,七天总该到了。也就是说,两个礼拜后就会收到回信喽!

可是四个礼拜过去了,我们也没收到哪怕一封回信。听班主任说,实习老师们已经各自分到周围几个县城的小学去了,都是很好的学校。我们不相信,他们收到信,会考虑我们的建议的啊,总会有一两个老师会申请来我们学校吧?

可是两个月过去了,还是没有消息。我们觉得,实习老师们一定是忘记了我们。我们白白想了他们那么久,就是不肯来我们村的小学当老师,回封信很难吗?

最后是班主任给我们揭开了谜底。当他知道我们写了信还投进了邮筒时,无意中问了一句:"你们贴八分钱的邮票了吗?"

邮票?嗨,寄封信嘛,除了信纸、信封和写清地址,我们哪里知道还要贴邮票的啊!

大 麻 脸

○安石榴

  门被用力推开,再用力关上,随着陌生人进屋,灶坑吐出一条大红
火舌,瞬间消失,却把一团呛人的烟雾留在空气中,我因此很生气。那
时我正趴在炕上囫囵吞枣地看《林海雪原》,我把脸扣在打开的书上。
耳朵听见妈妈给来人准备茶水,我抬起头时,陌生人背靠着火墙,斜身
坐着,右腿几乎完全放在炕上,只有穿着棉乌拉的一只脚悬空着。一
把白搪瓷缸子放在他膝盖前方,冒着热气。在暗淡的橘黄的灯光下,
陌生人还是有一张大号的国字脸,他的眼睛和眉毛挨得很近,脸的部
分就更大了,上面布满了大个儿的麻子! 真是少见。

  可能我看他太专注了,他把完整的大麻脸对着我,还问:"丫头看
啥书呢?"

  我那时很有些脾气,"啪"地把书合上,蜷在炕根儿不理他。大麻
脸也不在意,呵呵笑了,说:"豆芽子那么个小人儿,还认得字?"

  他的话不好听,我彻底关闭了耳朵,只顾看书。

  隐约知道陌生人在等爸爸。妈妈和那人有一句没一句地闲唠,后
来就听到妈妈有些惊异的声音:"哎呀,是吗? 听着倒瘆得慌。"

  我赶紧竖起耳朵,大麻脸的嗓门儿很大:"大妹子我从不扒瞎。
我一辈子打猎,天上飞的、地上跑的啥没打过,也是头一次遇上这样的

怪事。"

大麻脸"刺溜"喝了一口滚烫的茶水:"我看得真真儿的,这时候就不好办了。那只蓝狐就离我二十步远,半蹲着身子两只干巴爪子合在一起不住地作揖,我的枪还指着它呢。咋办? 你打它吧,它像个人似的给你作揖,你咋打? 不打它吧,它压根儿就是个畜生,凭啥像个人似的给你作揖,不像话! 该打! 我下定了决心抠扳机,嘿,不中了,它胳肢窝里又钻出来一个饿毛饿刺的小狐狸,小脑袋瓜左一下右一下,傻呵呵到处看。这下坏了,我脑袋轰的一声,眼前啥也看不见了,提溜着枪转身就走。"

沉默了好半天,大麻脸说:"大妹子,从那以后我把枪卖了,再也不打猎了。你知道为啥? 我想起了我那又傻又瘫的丫头,造孽啊,这辈子我杀生无数,结果遭了报应。我老婆,孩子的亲妈都看不上她,喂饭、洗澡都是我给弄。我寻思着,丫头要是死在我头里呢,算是她的福分,要是我死她头里,我就让他们弄点啥药给她喂上,跟我去吧,埋在我身边。"

真是怪了,这个人说话,句句让我震惊,我的心扑通扑通跳着。那时我七岁,父母宠着,哥哥姐姐让着,从没想过死这个问题,也不知道小孩子还会有那种死法。

后来天暖了,我整天在外面跳皮筋,快乐得像个小疯子。一天晚上被妈妈捉回家,一边拍打我身上的灰尘一边说再这么着就不要我了。很奇怪,爸爸也没有给我讲情。晚饭时,爸爸问妈妈:"你还记得那个大麻脸吗?"

我咽下一口饭抢着说:"记得。"

"他昨天死了,胃癌。"爸爸瞥了我一眼,还是冲着妈妈说话。

我不知道妈妈说了什么,我脑子轰鸣着,就一个问题,非常迫切:"他那个又傻又瘫的丫头怎么办了? 到底怎么办了呢?"

　　我开始颤抖，妈妈很快发现了，我索性扔了筷子呆呆地看着他们，妈妈伸手触了我的脑门儿："丫头发烧了。一定是抖搂着了，说啥也不穿秋裤。"爸爸把我抱起来送到小屋滚烫的炕上，妈妈随后一手端水杯，一手拿着一片洁白的药片，我想，那个傻丫头一定被她的妈妈喂了这样的药片了。我可不吃，我要是吃了就再也玩不了皮筋了，再也吃不了好吃的了。我于是号啕大哭，几乎背过气去了。

　　结果白药片没有吃，我却吃上了最爱吃的橘子罐头和山楂罐头！

黄婶子

○安石榴

　　我和姐姐在很远的稻田地里抓了十几条葫芦片子——一种又小又扁的鱼,中午妈妈炸了一碗鱼酱。满屋子飘香的时候,院子里一阵鸡飞狗跳,我知道来陌生人了,就抢在妈妈的前面奔了出去,结果吓了一大跳,一个黑袄黑裤黑裹腿的小脚老太太扶腰站在当院。老太太长得真邪乎,花白头发没有几根,扎里扎煞地全都飞舞着,鼻子上有块大黑斑,鼻梁子像是塌了似的,牙齿又黄又大,还长在嘴外面。我往后退了一步,如果不是妈妈站在我身后我早跑了。妈妈却惊喜地迎了上去,拉住她的手,一连声地叫黄婶子,老太太一连声地叫妈妈少卿媳妇,两人互相搀着,都眼泪汪汪的。

　　进屋我才发现妈妈逼着我叫奶奶的老太太可真不简单,不仅长得吓人,嗓门儿大,胃口更惊人。姐姐被妈妈赶下桌子跑到小屋生气去了。我是赶不走的,别说一个老太太,来什么客人都有我的座位,爸爸定的规矩,就是爸爸不在家,规矩照样有效。老太太和妈妈唠着陈年旧事,我听出来她是我家从前的邻居,没少帮妈妈照应孩子,不是我家搬走了,就是她家搬走了,反正好多年不见了。她一边飞快地和妈妈唠嗑,一边飞快地挥舞筷子,不时有米粒儿和青菜碎末从她闭不紧的嘴里像投石子似的飞出来,飞向对面陪着的妈妈。我在老太太旁边坐着,不自觉地替妈妈左躲右躲。妈妈抽空狠狠地瞪了我一眼,我管不了许多,十几条鱼所剩无几,我倒是没吃亏。姐姐呢?想到这儿,我便把筷子死死地插在最后两条鱼身上,老太太的筷子下不去了,这才发现了我,问妈妈:"这是小果吗?"

"哪儿是啊,到这儿才生的。"妈妈笑得有点怪,"再也不生了,这是我的净肠儿。"

"我说呢,小果怎么也得十岁了吧?"不等妈妈回答,老太太仔细地看着我,"这丫头小鼻子小眼,劲劲道道的,还真不丑。"我翻了一下眼睛,老太太忽然大声嚷嚷:"哎哟,这个孩子不怕我。还真没见过不怕我的孩子呢。"

"瞧你,黄婶子说什么呢。"妈妈赶紧打岔。老太太却毫不顾忌地大笑起来,笑够了才对妈妈说:"给你说个招笑的事。就在刚才,我朝你们家来,刚进胡同,迎面跑来一个小孩——"老太太又看看我,把手放在我背上:"就老丫头这么大吧,还是个豁唇儿。胡同里有这么个孩子吗?"

"有啊,那是个坏小子。"我插了一句,没看妈妈的脸,她一定又在瞪我。我知道豁唇儿专门在胡同等着我找碴儿的。他妈妈说我俩的官司永远也断不完。

老太太接着说:"迎面跑来个小豁唇儿,你猜怎么着?见着我一愣,呆呵呵站着不动了,我走到他跟前快撞上他了,他才往后退,眼睛定定地看着我,一直退到墙根儿,靠着大墙,这孩子颤巍巍地问我:你咬我不?"

老太太又大笑起来,一排龅牙拼命向外伸,像要刨什么似的,笑够了她说:"原来把孩子吓着了,兴许这孩子没见过我这样的老鬼婆子。哎呀呀,我老黄婆子老了老了还牙爪了。"

我躺在炕上打滚,乐得像小狗跑急了直喘,妈妈倒真能绷住,一个劲儿地安慰老太太。我心里有了主意,老太太走的时候,我主动在前面带路。妈妈出门是要换衣服的,这样我和老太太就先出来了。不出我所料,豁唇儿正蹲在我家门口。看见我们,他马上傻了,靠在门上直哆嗦,我牵着老太太走了好远,豁唇儿喊我:"石榴,我的万花筒不用你赔了! 不用了!"

"呸,压根儿也没想赔你,又不是我弄坏的!"我暗暗得意。

鸭 舌 帽

○安石榴

爸爸从杭州和上海接来一批知青,他们是上山当林业工人的。爸爸还在上海给豁唇儿联系了医院,后来豁唇儿的兔子嘴就成鸭子嘴了,转年春天我俩一起上学时,他的嘴就和我的一样了。爸爸很严肃地告诉我,以后只许我叫豁唇儿大名张勇。

一天放学,我和张勇一起回家,一个戴鸭舌帽的人在胡同口截住我们,这样装扮的人都是特务、汉奸、狗腿子,我一下子警惕起来。那人问:"小朋友,知道安嘉禾家在什么地方吗?"

安嘉禾是我哥哥,在山上的林场开大拖拉,也叫爬山虎,一种像坦克似的运材车。这个人是什么意思,找我哥哥干什么?

"知道,就是她的——"张勇这个傻瓜要出卖我,不等他说完,我抓起他的胳膊跑开了。鸭舌帽还不死心,叫出了我姐姐的名字:"那安菠萝的家在哪里?"

等我俩绕一大圈回家,一推门,看见鸭舌帽坐在炕上专心地对付我的嘎拉哈,一副嘎拉哈四个,他却像是对付四百个,手忙脚乱,炕上地上都是。妈妈正给他煮面条。妈妈总是这样,安嘉禾安菠萝的战友一到我家,不管是不是吃饭的时候,她总要给人家煮面条。我不服,妈妈却说:"他们大老远地从上海杭州来,还都是孩子呢,没有爸爸妈妈照顾多可怜啊!"

有什么可怜的,我看他们都像鸭舌帽一样烦人,总是欺负小孩儿。这不,他领我俩玩游戏,先让张勇玩,鸭舌帽说鼻子、眼睛、嘴,张勇就在自己的脸上一一指出。只要鸭舌帽把鼻子眼睛嘴的顺序一变,张勇就乱指一气,鸭舌帽乐得稀里哗啦的。轮到我,我是不会错的,随他如何编排,我都又快又准地在自己的脸上指对。这家伙越说越快,我也越指越快,突然他说:"鼻子眼睛屁眼!"我虽然听得清清楚楚,可是手还在快速运动,像刹不住的车,结果第三下指在自己的嘴上。这次鸭舌帽乐躺下了,张勇先扑了上去,我紧随其后,两人骑在他身上一起打他。鸭舌帽更狠,把锅里妈妈给我俩留的面条也都吃得干干净净。吃饱了嘴还不闲着,用一口二把刀的东北腔,一边张牙舞爪地动作,一边跟妈妈说:

"婶子,我哥(其实是我哥,不是他哥)贼厉害,和高师傅作业的时候,高师傅在驾驶室里,我哥在爬山虎后面用钢绳捆原木。那天有点麻烦,有一根一遍一遍总捆不结实,我哥就钻到原木底下去查看。这时候高师傅从驾驶室的后窗看了看,不见我哥,以为我哥已经捆完原木走人了,就开始发动马达准备开车。我哥一听坏了,高声喊停,爬山虎的轰鸣声贼大,高师傅哪里听得见,我哥眼看着一根根原木奔他来了——婶子——你知道原木老粗,两个人合抱不了,我哥想这下完了,四下一看,有个车轱辘轧出的坑,我哥就爬到那儿想平躺进去,太窄,只好侧身躺下了。这时候爬山虎还在爬着,原木离我哥越来越近,我哥估摸着自己的半拉身子是保不住了,非让原木搓掉不可。眼看着原木就到了,嗨!就像有一双手把原木上的钢绳慢慢扒下来,在我哥的脚底下停住了!"

我们全听傻了,半天没回过神儿来,鸭舌帽十分得意似的重复着:"我哥说了,就像有双无形的巨手,关键时刻把钢绳扒下来,原木落下去了。你们说这事神不神？你们说我哥神不神？"妈妈哭了起来，鸭舌帽吓得不知道怎么办了，我和张勇就往外赶他，他把着门框子不松手："婶子对不起，是我莽撞了，不过我哥啥事没有。真的，这次我下山我哥让我问婶子，我哥的猎枪买没买，如果买了，我哥让我给他带着。"妈妈给哥哥买的猎枪就在被垛上，这个我知道。我想叫他快点走，就跳到炕上准备取下来，妈妈喝住我，对鸭舌帽说："婶子没怪你，这么着，你告诉嘉禾让他自己回家取，我还有话说。"

　　这下坏了，我哥哥回来，弄不好得挨训呢。后来我哥哥回来时我没放学，不知道妈妈说什么了，反正我看见妈妈脸上有笑意："你哥哥逢凶化吉，可知道为什么？那是因为爸爸妈妈从来不做害人的坏事。"

　　咦，怪了，难道妈妈知道我肚子里的事情，那时候我正琢磨着怎么治张勇呢，那天他竟敢跟我说，长大之后不打算娶我了，想娶他的同桌冯娟。

从前的村子

○包兴桐

名 字

村子的后面都是山，山上都是树。

山鬼就喜欢住在这样的地方。他们和我们人类真的很不一样。我们白天劳动晚上休息，他们却相反，白天变成一片树叶一个树桩一块石头呼呼大睡，晚上却开始现出原形在林子里散步、聚会或唱歌跳舞。有时候，在一个月夜，当你走进后山的林子，会听到"吱"的一声响，然后，林子一片安静。其实，就在刚才，一群山鬼正在为一个小山鬼的诞生而又唱又跳。现在，他们"吱"的一声变成你身边的一块石头、一片落叶、一棵树。所以，在这样的夜晚，你最好不要在一块石头上坐得太久在一棵树上靠得太长……

山鬼和人的世界，差不多构成了村子的全部。我们有我们的热闹，他们有他们的快乐。当月亮升起来的时候，我们就把村子交给他们；当太阳上山了，他们又把村子交给我们。村里就有不少人觉得山鬼的世界挺好的，至少，他们可以整天又唱又跳，他们可以不用为吃穿发愁；当然，也有不少山鬼觉得人的世界也不错，他们就模仿人的一些做派，有人看到他们在林子里像我们人类一样种些庄稼，像我们人类一样建个小房子,或者像我们人类一样烧把火或吵吵架。甚至有人看到他们学着我们人类一样走路、咳嗽。尤其小山鬼,他们最喜欢干这些事了。

他们白天一边变成一片树叶挂在风里呼呼大睡,一边又侧着耳朵偷听我们的讲话。他们对我们冗长而烦琐的话语无法理解也记不住,但对简短而响亮的名字却充满兴趣,一些机灵的小山鬼能记住许多个名字。夜晚来临,小山鬼们便会凑在一块儿比赛谁记住的名字多。有一些又机灵又调皮的,便会走到他们记住名字的那个人窗前,叫出他的名字。

"王磊,王磊!"

小山鬼在窗外叫着。

"喂!"王磊冷不丁儿应了一声,然后,就开了门,跟在那个调皮的小山鬼后面,向月光下的林子里走去。每一年,村子里都有一些人在夜里迷路,有的白天又找回来了,有的就再也没有回来。没有走回来也没有什么,那个不愿回来的人,要么是喜欢上了山鬼们的世界,要么,是山鬼们实在太喜欢他了。反正,都是喜欢的好事。只不过,他要改变一下作息时间罢了。

这些迷路的人,都有一个好听的名字,又顺口又温暖,几乎每个小山鬼都喜欢一遍一遍学着叫着;或者,他的名字并不是特别好听,可是,有人在心里的每一个角落都装着他的名字,总是在夜里一遍一遍叫着他的名字。小山鬼们听多了,也就记住了。

这样,村里就传下一个规矩,当一个陌生的声音叫我们名字的时候,我们最好什么都不说。

"小依依,小依依!"

记住了——你什么都不说。

好。

山 魁

你肯定没见过山魁。这个世界上没有几个人见过山魁。山魁实在太快了,很幸运的人,也只是看见他在树林间一闪而过的红影。

大家是这么想看一看山魁。好在,每年三月三这天,山魁们会在溪涧里选块很大的岩石,晒一晒他们的红衣服、红裤子、红鞋子、红帽子。这一天要是谁偷偷拿了山魁的衣服,山魁就会轻轻地跟着他回家,然后,帮他做很多事情。

每年的这一天,几乎全村的男女老少都出发了,都到溪涧里去看山魁,找山魁。有的人甚至提前一两天就出发了,到林子深处的溪涧里去等山魁。人们选个地方偷偷躲着,希望能看一看山魁。可是,很少有人看到。

后来,大家想出一个办法,就是做一套小小的红衣服红裤子红鞋子红帽子,三月三这天一早,就把它们放在溪涧里的一块岩石上。大家想,山魁要是拿错了衣服,那我们就可以拿着山魁的衣服回家,山魁也就会轻轻跟着来了。

山魁可真小,他一顿饭只能吃七粒米、三根豆芽、两片菜叶和筷头大的一点豆腐。但他却很能干。他用鸡蛋壳做筐子,一天可以挑满一大缸谷子。因为,他挑得是很快很快的。家里要是养着一只山魁,真顶得上一个壮劳力。他那么快那么小,到别人家挑谷子,根本没有人会知道。再说,山魁挑人家的东西,很有规矩,他总是东家挑一蛋壳西家挑一蛋壳,上村挑一天下村挑一天。

不过,养一只山魁很不容易。就算有幸跟来一只山魁,养着也得十分小心,一不小心,他又回林子里去了。每顿饭,每烧一样菜,都要先夹点放在他碗里:三根豆芽、两片菜叶和筷头大的一点豆腐。然后对他说:

"喂,我吃了,你也吃吧。"

这些,大家是从山脚阿田嫂那里听到和看到的。大家都说,只有她家养着一只山魈。她丈夫几年前死了,她带着一个小女孩儿过日子。她一个女人,却有吃有穿的,粮缸里的谷子也总是满满的,生活得体体面面,要不是养着一只山魈,怎么可能呢?

"喂,我吃了,你也吃吧。"

大家偷偷看到,阿田嫂每天吃饭,都会对着面前的空位置这么说。

甜

甜是一种秘密,小小的。

番薯是甜的,有一种叫"光溜白"的番薯,白白胖胖脆脆,特别甜,也有人叫它地梨,意思是坐在土里的梨子。

马蜂窝是甜的,花半天时间捅下一个马蜂窝,就会有很多收获,蜂蜜是甜的,蛹也是甜的,有时候还有王浆。看着马蜂在周围飞来飞去,就觉得特别甜。

地里的白萝卜是甜的,尤其是过了霜,拔出来,去了皮,可以当甘蔗吃。

茅草会割人,可是,它的根也是很甜很甜的,挖一把,洗净了,拿在手里,可以甜半天。

很多花都是甜的,像满山红(野杜鹃),去了丝蕊,把花瓣放在嘴里嚼,酸溜溜一阵,甜就慢慢出来了;最甜的是藕芋花,不过它不是甜在花瓣,它有一种甜水,藏在花蒂处,折下来放在嘴里一吸,那个甜啊,可惜只有一小口。

还有一种甜,大家是偷偷跟着松鼠发现的,那就是松树的蜜。松树有两种蜜,树干那种黄黄的黏黏的蜜可不能吃,那是做松香用的,一吃，就把你的嘴巴粘住了，张也张不开；还有一种蜜是白白的，像雪粒一样粘在松针上，这才是甜甜的松蜜。高的地方，都让松鼠给吃了，低的地方，我们才可以尝一尝。

还有很多甜，这山上，一年四季都不难找到，虽然，它们都藏得比较好。

讲 古

我们小时候一定还不能明白，世界把一切都安排得那么恰恰当当。白天亮亮的让人干活儿，晚上黑黑的让人睡觉，偶尔来点月光，那是因为有人还要赶一段夜路、野兔子还要下到田里吃草、睡不着的人还要到院子里来吹吹风或撒撒尿；天晴了一段时间，干活儿的人要休息了，就下一阵子雨，庄稼顺便也好好长它一节。

我们小孩子从来不关心天气。常常是早上起来，站在门槛儿上往外一看，对面山上全是白雾，才知道原来夜里下雨了。反正，下雨也挺好的。雨哗哗地下，屋檐在哗哗地倒水。我们站在屋檐下接水，鸡啊猫啊，在我们身边挤来挤去。爸妈在屋里有一句没一句地说着话，他们好像隔着很远，声音一阵亮一阵暗。不一会儿，就有人撑着大雨伞走进屋里，一个接着一个。渐渐地，屋子热闹了起来。要是雨再多下几天，屋里的人就会越聚越多。然后，大人们就开始玩牌，或者，炒瓜子炒黄豆，或者，"凑午吃"——也就是大家你出一样东西我出一样东西，合在一起烧了吃；或者，大家各出一份钱合起来买五花肉炒粉干下酒。我们小孩子一边玩着捉迷藏、出兵、跳房子等游戏，一边找机会溜进厨房看一看、闻一闻。

有时候，雨一下就是十天半月，慢慢聚拢的人就又会慢慢散去。可是，下雨天，人们还是喜欢一堆一堆地扎在一起。散去的人就会分成许多小堆在另外一些地方聚拢。

"很早很早以前,有一个地方——"行匣的外公开始讲古了。村里的人把讲故事叫成"讲古"。一堆女人围着他,一边听他讲古,一边嗑着瓜子或织着毛衣。行匣的外公是里山村的,每一次下雨时间一长,他就会在我们村里出现,然后,就有一堆女人围着听他讲古。有时候,我们小孩子也会被他讲的古吸引住。他的古里有小姐、丫环、相公,还有贫穷但聪明的女婿,有可恶的地主少爷。有时候,女人们听得哈哈大笑,有时候,又好像要哭的样子。

长长的下雨天,也是挺好的。我们嘻嘻哈哈地,有时候跑到男人堆里看他们打牌,有时候跑到女人堆听讲古。可是后来,行匣的外公却再也没来村里了。听大人们说,阿法要打他的嘴巴。阿法说行匣的外公嘴太多了,讲古讲古讲得他老婆不听话了会偷懒了不能打不能骂了还吵着要和他阿法离婚。

也许真的是怕阿法的巴掌,以后就是再长再长的雨天,行匣的外公也没有在村里出现。在那长长的雨天,大家不由要想起行匣的外公讲的古里的小姐、丫环、相公,还有那些贫穷但聪明的女婿、可恶的地主少爷,想起他讲古时那神气的模样。

漏

行匣的外公给我们讲过一个古。

说是有一个贼在一个下雨天的晚上摸进一户人家。他正想拿点东西的时候,听到老太婆对老头子说不好了,有贼。老头子说贼怕什么啊,我们最怕的是"漏"。老太婆说,这倒也是。这贼听了吓了一跳,不知道这"漏"是什么东西,这么厉害。凑巧,这个晚上,一只老虎饿坏了,想到村里找点吃的。它哼叽哼叽地来到这户人家的窗下。这

从前的村子

时候,老太婆又对老头子说不好了,老虎,老虎来了。老头子说老虎怕什么,来一回只一回,还是"漏"可怕。老虎一听,也吓了一跳,不知道这"漏"是什么东西,这么厉害。就这样,那个贼和那只老虎都呆着一动也不敢动。

"漏,漏!"突然,老太婆叫道。

贼和老虎觉得自己吓坏了。

"叫什么叫,我来就是了。"一个声音应道。然后,就看到一个影子从床上走下来。

"走啦,走啦! 这儿有什么好呆的?"那个影子走到桌子旁边,狠狠地踢了一脚躲在桌底下早吓得不行的贼。

"走啦,走啦,这儿有什么好呆的?"那个影子走到门口,踢了踢早已吓得软得像只猫的老虎。

从那以后,不管是贼还是老虎,都不敢到村里来了。他们以前怎么也没有想到,村里还有"漏"这么厉害的东西。

古讲好了,听不明白的就会问,漏是什么东西啊,这么厉害?

"漏就是你家下雨天的时候,屋顶尿尿。"大家就会笑着说,"你说,住在破房子里的人,是不是最怕漏水了。"

"那,那个影子是谁?"还有不明白的,就会问。

"那个人啊,是老太婆的第二个老公。"这时候,行匡的外公就会笑着说,"那时候,大家穷啊,只好两个男人养一个女人。反正,说了你们这些小鬼丁也不会明白。"

月 光 刀

整个六月,不管知了怎么拼命地叫,不管狗怎么拼命地吐舌头,我们都觉得它是好的。吃过早饭,我们就开始把自己泡在溪水里。除了游泳、打水仗,我们更高兴的事情是造水库、筑水坝、建拱桥。

六月天的好处还在于,它有悠长而清凉的夜晚。吃过晚饭,当大人们三五成群地坐在院子里,在朗朗的月光下拉着家常的时候,我们则早就借着月光,三五一伙儿地走在溪涧里。有时抓鱼,有时钓蟹,有时抓蟾蜍,有时候什么也不干,就是为了到溪涧里玩玩。我们当中,有人会拿着手电。但大家很少用它。我们知道,手电、煤油灯和蜡烛,都是要省着用的。其实,溪涧里除了白白的流水、大大的石头和斑驳的树影,照样有很好的月光。只是,月光时明时暗,和着水声和虫鸣,有点清凉。但也只是有点清凉,那么多人在一起,虽然都噤了声不说话,但觉得月光是明晃晃地热闹。走在月光里,我们就不由得要说到不久后的七夕和中秋。那都是些我们最喜欢的节日。

七夕到了,外婆或亲娘(干妈)会送来"巧舌(食)",中秋会送来月饼。因为外婆说是送给我们的,又是在月光下和小伙伴分享那份香甜,好像这两个节日就是我们小孩子的,和大人没有关系。月亮升起来后,我们在院子里快快地祭拜了月神后,就会拿着巧舌——中秋节当然是拿着切好的一小片一小片扇形的月饼——和小伙伴飞出院子。大人们看到我们的得意,似乎有点点小小的不甘,就告诫我们,月光不仅有月神,还有月光刀,千万不要用手指指点点。不然,非要挨一刀不可。看着天上那轮或弯或圆的月,泛着青光的薄薄的月光,觉得它真是锋利得很。就这样,在这个属于我们的夜晚,我们带着兴奋和点点的小心跑在月光下,交流、分享着手中的香甜。虽然我们都小心地尽量不用手指指月光,但每一个七夕过后,总会有人耳朵根开始慢慢地裂进去,露出越来越深的一道口子。我们知道,他准是挨了月光刀了。

怕

小时候，我们怕很多东西。

我们怕两头蛇，它细细的，但两个尖尖的头像它们的舌信子一样游来游去，看了就把我们小小的心绞成一团，再也不能放下。

怕夜里醒来，突然听到猫头鹰的那像要哭的叫声。大人们都睡死了，猫头鹰那深洞一样的大眼睛，好像正盯着我一个人，怎么缩成一团都空荡荡的睡不着。

怕吃错了东西全身会变成红色或绿色，长出毛或角。山上、地里都有许多样子好看、颜色诱人的东西，吃了后，我们挽起袖子和裤脚，坐在石头上看自己的双腿和胳膊，开始害怕。大人们说，还有一些草，吃少了还好，只是吃多了就要哑巴。

怕不小心打死了青蛙精，晚上睡觉身上会爬满青蛙。大人们说，蛇有蛇精蛙有蛙精，要是不小心把它们打死，它们的子孙后代就会成群结队来替它们报仇。

怕动了扫帚屁股会长出尾巴，怕说了别人的坏话嘴舌会生疮，怕换了牙忘了把下排牙丢上屋檐把上排牙埋进土里，怕雨天淋了头会生虱子，怕不小心扭了脖子却又找不到大肚人（孕妇）。

怕偷看了公狗和母狗做事长大了会生出小狗仔，怕看到了蛇蜕皮夏天会浑身发痒，怕自己是大人在水井边捡来的。

当然，也怕不小心踩到八卦再也走不出来，不小心踢了路边的药包染了别人的病，不小心吃了陌生人的迷魂糖再也认不得回家的路。

小时候，我们会怕很多很多东西。在月光照到床之前，躺在床上，不由得就想起它们。好在，月光还没有移过一格，我们就睡着了。怕和兴奋纠缠着，变成含糊的梦、含糊的世界。

蘑菇

很多动物比我们要胆大，也更贪玩。像蛇，它敢爬上树去掏鸟窝，抓小鸟，也敢溜进人家家里，偷偷待着，抓老鼠，偶尔也偷吃几个鸡蛋——鸡蛋比它的头还大，它也敢吃也能吃。碰到管闲事的猫或狗，它并不马上离开，而是先和它们玩上几招，一定等双方觉得斗了个平手，猫和狗也有了休战的意思，它才会很神气地游走。倒是我们，发现家里来了蛇，就紧张得很，讨来雄黄赶它，到村里的巫婆那里拿来神米洒它，当它很无奈很不解地游走了，我们还要点上几支香念上几句好话送它，也算是和它打了个平手休战的意思。

蛇厉害的地方，还在于它敢吃一种菌，蛇菌。它们大多长在阴湿的竹林里，像小竹笋一样立着，白白的身子顶着一个红红的像蛇头一样的东西，很是怕人；最怕人的是，它们身上有一层光溜的黏液，不小心碰到了，要赶紧用到溪里去冲洗，不然，手就会开始慢慢地像蛇一样蜕皮。可是，蛇不怕，不仅喜欢和它们处着，还把它们当蘑菇来吃。

我们这儿的山上，有很多种菌，这些各种各样的菌，当它们可以拿到饭桌上吃的时候，我们就都叫它蘑菇。在山上，它们都有自己的名字：像扇子一样张开的，叫鸡尾菌；像一个球，里面的肉黑黑的，叫鸡肶菌；像发丝一样细细的，叫发菜菌；吃起来有猪肚的味道的，叫猪肚菌；此外，还有松树菌、红菌、黑菌、苦菌、酸菌、笑菌、哭菌、睡菌、酒菌、蛇菌、狼菌、鼠菌、鸟菌。

经常是在一场大雨后，我们小孩子就提着小篮子到林子里去采野菌。可能是出来的菌特别多，林子里的空气闻着也和平时不一样。林子里各种各样的菌都有，但大人们再三告诉我们，很多菌是有毒的不能吃。所以，我们最高兴的是找到鸡尾菌、鸡肶菌、猪肚菌和发菜菌。

大人们还教给我们一个方法,如果一定要想采几朵其他的菌,那也要看看它们身上是不是有虫子,一只小虫子也没有的菌,一定是毒菌。当然,还有一个办法,那就是看它是不是很漂亮,很漂亮很漂亮的菌,往往也是毒菌。只是,这个办法我们小孩子一般都不会用。

其实,大人也没有几个会识别。村里只有一个人,他认识山上几乎所有的菌。因为他认识所有的菌,他就成了村里最有威望的人。他知道哪些菌是可以吃的,哪些菌是动物吃,哪些菌特别酸哪些菌特别苦,哪些菌吃了就会"滋滋"笑个不停,哪些菌吃了就会像喝醉了酒一样全身通红双眼迷离,哪些菌吃了就会睡个三天三夜把不高兴的事忘得一干二净。他家的饭桌上每一顿总是有蘑菇——各种各样的菌。客人来了,他希望客人开心笑个不停,就让他们吃笑菌,相反,就给他们吃哭菌。听说,他老婆生了男孩,来吃满月酒的所有客人,都"滋滋"笑个不停,整整笑了半天;他老爸走了,来吃酒的所有客人,都"呜呜"哭个不停,整整哭了半天。

当然,有时候他也给人吃酒菌、睡菌,有时候就给人吃酸菌、苦菌,有时候,也给人吃甜菌。他虽然知道所有的菌,但不知道怎么了,慢慢的,到他家做客的人却少了,后来,他只好自己一家人吃那么多有意思的蘑菇。

游　戏

村子、山、园和田一定是早就商量好的,它们各有自己的热闹。白天是给山给园给田的,晚上是给村子的;春天和夏天交接的地方是给山给园给田的,秋天和冬天交接的地方是给村子的。

有时候,整个村子真的很静很静,大大的白天,倒像是有很好月光的晚上。整个村子如果就剩下我们一帮孩子,我们很快就会觉得很孤单,大家站在各自的院墙上叫来叫去,还是觉得太静了。要是来了个外村人,就会很团结地围上去,然后一遍遍问他叫什么名字。可奇怪的是,那些外村人总是不愿意说出自己的名字。幸好,狗们还是厉害的,不一会儿就把外村人赶走了。就这样,有一天,大家把外村的一个奇奇怪怪的女人赶走了。她红着脸,好像很难过,但又一直是笑笑的。她由来路向村外走去,大家一边看着她的影子在树缝间移动,一边远远望着大人们在山上园里田里或白或红的影子,终于,有人说:

"我们来玩捉迷藏吧!"

"捉迷藏有什么好玩。"大家说。

"那你说玩什么?"

"出兵。"

"出兵就出兵。"

"出兵,出兵也不好玩。"

"那你说玩什么?"

最后,大家还是捉迷藏。

捉迷藏有两种,一武一文。武的是一个人当狗,其他人当猫,找地方躲起来,有的躲在柴垛里,有的藏在树上,有的躲在藕芋园里,有的干脆身上盖点柴草躺在地上装死……要是被狗找到了,那猫便在一边唱着提醒的歌:

"猫藏得严,狗来找了——"

所以,这支歌,唱的人总是越来越多,越唱越响,到剩下最后一只猫还没被找到的时候,大家唱得更响了,激动得不得了。

文的是当狗的眼睛用布蒙上,大家都当猫,在他前面跑来跑去,一边嘴里大声唱着"狗,狗,老猫没有走"一边找机会去碰他,要是被狗抓到了,就要被包上眼睛当狗。

这样的时候,大家总是玩武的多,热闹、有劲。然后大家又玩了出兵,玩了斗牛,玩了跳房子,玩了抬新娘,玩了……玩了很多很多的游戏。一直到——大家看到那个奇奇怪怪的外村女人又出现了,只是,这次,她身边跟着村里的独自人国。我们这儿把光棍儿叫作独自人。

"她叫什么名字?"大家问国。

"他们早上就已经问了半天。"女人对独自人国说。

"你们这些鬼头。"国笑骂道。

"独自人,独自人,日里没声音,夜里不点灯。"

大家唱。

"独自人,独自人,一人有吃饿不死,一人有衣冻不伤,一人有裤不想穿。"

大家又唱。

"这些鬼头。"国还是笑。

"你们还不回家,到午了。"女人说。

大家一看,自家的烟囱里真的冒烟了。

"你叫什么名字?"大家边走边问。

后来,大家知道她叫兰桃红,因为她带了个女孩,住在国的家里,那个小女孩叫国"叔"。

"你爸来了,你爸来了。"看着国远远走来,我们却故意这么对她说。

"你爸来了,你爸来了。"

国笑笑,就走过去了。

野 菜

○包兴桐

那时候有很多好玩的游戏,出兵、骑马、跳坎、捉迷藏、跳房子、抓石子、滚铁圈、过家家、诱蚂蚁、斗蟋蟀、造房子、起大墓、建水库,都是。许多从大人那里要来的活,也是。像秋天的时候,翻番薯仔——在已经挖过的番薯地里翻出落在垄间园头的小番薯。大家知道,山脚的瑞金,他地里的番薯仔总是最多的。所以,大家都等着他挖番薯。常常是他在前面挖,我们就跟在后面翻,翻出一个,大家惊叫一声,他就回头看一下,但他还是粗心,还是要被我们不断地翻出番薯仔。有时候,大家不想翻了,就在地里挖一个坑,让两个人躺在里面,填上土,只露出一个头,然后,大家就开始和这两个"死人"说笑,或者,想办法捉弄他们。比如,说粗话气他们;或者,拿根草伸进他们的耳朵挠痒痒,或者,把屁股洞对准他们的嘴巴放屁。

清明的时候,田里园里的很多野草都是可以吃的,像马兰头、灯笼草、鱼腥草,但大家最高兴看到的还是黄花麦果草。村里的两种方言分别把它叫作"鼠曲草"和"棉菜"。把棉菜采来洗净拌在米里碾细了,就可以做成墨绿可口的"清明糕",我们管它叫"鼠曲糕"或"棉菜馍糍"。在节日的气氛里,捣着、看着、吃着这样墨绿喷香的"棉菜馍糍",真是件美事。可更美的,是摘棉菜。大家约好了,在篮子里放点吃的,就出发了。往往这一去,挺远的,有时候,要越过好几座山,穿过好几个村子,当然,那走过的湿田旱地,就数也数不清了。一走出村子,大家就开始唱:

"摘棉菜,掉田坎,掉到田坎脚,棉菜馍糍吃不着。"

一直到傍晚,大家才回来。一身的泥草,提着半篮子棉菜,嘴里嘻嘻哈哈还是唱着:

"摘棉菜,掉田坎,掉到田坎脚,棉菜馍糍吃不着。"

肚子空了,人累了,但大家还是忍不住嘻嘻哈哈要唱,要笑,你看看我,我看看你,就不由得想起这一天在田里许多有趣的事情,想起走过的许多有意思的村子,想起遇到的许多有趣的人。晚上在油灯下,看妈妈拣着棉菜,忍不住就要说起这一天有趣的事。

每一个清明,大家最高兴的是跟行为去他姑姑家摘棉菜。他姑姑家住在离我们村很远很远的一个山上,去那儿,我们要斜穿过好几座山,走上整整半天。这么远,我们晚上就住在他姑姑家,第二天下午才回来。他姑姑的那个村子,看起来比我们村子还小,但让人喜欢。村口有一个大大的却不深的水库,从旁边经过可以看到里面游着很多很多的鱼。每一次,行为的姑父都会到水库里买一条大鱼给我们吃,还让我们喝点他们自己做的甜酒,好像我们是他们家的客人似的。还有,他们村里有很多果树,什么橘子、桃树、梨树、板栗、杨梅、柚子,到处都是,最多的是柿子树,路边到处都是,差不多每户人家的院子里也都有。虽然我们去的不是时候,吃不到桃子、梨子,更不用说柿子、板栗了。可是,桃花、梨花、杨梅花都开了,蜜蜂飞得整个村子都是。

"等它们熟了,我叫行为姑父捎过去给你们。"行为的姑姑说,"水果是田头货,见了就有份儿。"

在行为的姑姑家,大家的心思都用在了看上、吃上、玩上,摘了两个半天棉菜,也只铺了个篮底。好在,行为那两个漂亮的表姐每一次都会把她们摘的棉菜分给大家。回家的路上，大家都觉得篮子沉甸甸的。

桃子熟了，梨子熟了，杨梅熟了，行为姑父真的就挑着桃子、梨子、杨梅来了，而且记得清清楚楚，一家一家地分，真个是见了就有份儿，最后，剩下的就挑到行为家里去。甚至到了九月，我们还可以在家里吃到行为姑姑家的板栗和柚子。

这么好的一个地方，听说行为姑姑开始并不想待在那儿，常常跑回来，每一次，都是行为的姑父跑来把她背回去，因为，行为姑姑的脚有点不便，拐。

野菜

乡间稻草人

端　午

○包兴桐

　　过了三月三，我们踩下去的双脚，伸出去的双手，总觉得有些发痒——我们知道，蛇出洞了；等到茶叶开张，杨梅坐果，就感觉身子也是痒痒的——我们知道，虫子上山了。

　　好在，重五——我们这儿管端午叫重五——就到了。我们可以喝雄黄酒，洗艾草浴，剥鸡蛋，家里还炒重五盐，门上还插着艾草，挂着菖蒲，这些，都叫我们放心。当我们离开了大人肃穆的说教，提着五线蛋袋，拎着一对粽子从家里跑出来会集到大屋院场上的时候，我们总觉得，这重五节，是给我们小孩子过的。大人们给我们喝一汤匙的雄黄酒，说是再也不怕蛇了；叫我们好好洗个艾草浴，说是再不怕虫子了；叫我们剥个咸鸭蛋，说是皮肤光滑再不怕起疙瘩了；有了重五盐，再不怕晒太阳泡清潭拉肚子了；门上插上艾草挂上菖蒲，白天不怕空房夜里不怕鬼叫门了……这样的重五节一过，我们就觉得，眼前展开的长长六月天，再也不怕什么，满心满眼只有期待。

　　但也像所有的节日一样，一村子的人，并不是每户人家都会把这重五过得圆圆囹囹、光光鲜鲜。像大伯家，每到过节，他们总要打个折。重五到了，堂哥堂姐在院子里一站，孤零零的，没有粽子，没有蛋袋，手里就拿着那么个像鸟蛋一样可怜的白皮鸡蛋。重五了，他们家

— ｜ 104 ｜ —

就吃一顿炒糯米饭。大伯说，反正粽子也是糯米做的，包起来吃，炒起来吃，都是吃到肚子里，不如省了麻烦。当然，如果照爸爸的意思，也会是这样，爸爸和大伯是一路人。他一看到妈妈逢年过节摆弄这摆弄那，这也要那也要，他就来气，他就把门关得像打雷，把碗翻得像过老鼠，把楼板踩得像地震。他看到我们宝贝似的提着五色线蛋袋晃来晃去，就更气了，瞄了我们一眼，阴阳怪气地说："提什么提，还不赶快把鸡蛋给嚼了。"可是，我们舍不得吃那鸡蛋。染了红色的鸡蛋，装在五色线蛋袋里，像一个小小的灯笼，又像一块大大的宝石，谁都舍不得剥了吃。就是斗蛋，也是点到为止，谁还会真拿宝贝当石头碰啊。

　　每过一个节，我们都会有意无意地围在妈妈的身边。看她把艾草和菖蒲用红绳子扎好，仔仔细细地在门上插好挂上，像是在装扮新房；看她灵巧地翻折着粽叶包出各种样式的粽子；看她用五根线打几个结就编出五色线蛋袋，然后把用红花藤煮的鸭蛋放在蛋袋里递给我们。妈妈的手在村里是最巧的，过节时总会有许多女人围着她讨教这讨教那。最好的是，妈妈乐意显示她的巧手，把它变成我们家的热闹、骄傲，变成我们的享受。她包粽子，就经常要翻出新样。她会包五角粽、猪蹄粽、龙船粽、牛角粽，她还会包蛋粽、肉粽、五香粽、茶香粽。可是，爸爸只吃那大家都有的四角粽、豆粽。看他皱着眉头的样子，不知是为了赌气还是真的不敢吃那些有意思的粽子。

　　这时候，里屋的满田就会从他的院子里走出来，走到我们家院墙边，对爸爸说：

　　"亲戚，节又到了，都重五了，这时间啊，真像那茶叶抽新一样。"

　　然后，就走进院子，递给爸爸一支烟。

　　"啊，节又到了，真快，真快。"爸爸没有几句话。但有人给他递烟，陪他抽烟，和他说话，听他感慨，他的眉头就舒展多了。满田和爸爸抽着烟，说着话，妈妈一边忙着手里的活儿，一边有一句没一句地搭着话。但慢慢地，院子里就只听到妈妈和满田在说话。他们谈粽叶的选择，谈糯米的成色，谈苏打粉的多少，谈煮粽的时间，谈粽子样式，谈重五盐的炒制。

满田是村里不多几个会炒重五盐的人之一。每年重五日，村里的老老少少就会聚到满田家，看他把找到的还有买来的十几种药材，有桔梗、甘草、山楂、红茶，还有陈皮、苍术、柴胡什么的，和盐放在大锅里慢慢地翻炒。不一会儿，锅里就飘出好闻的药香味。满田不停地翕动鼻子嗅着香味的变化，用手抓过盐看盐色的变化，不停地关照着火候，添加着药材。他一脸严肃，念念有词，像一个做道场的师傅。大家在旁边看着，也不敢多话，像是在看一场庄严的佛事，唯恐犯了忌。喷香金黄的重五盐炒好了，满田把它们包成一小包一小包的，递给每一个人，连我们这些小孩子也有份儿。这以后，还不断有人到他家讨要这重五盐——有的人叫重五盐，有的人叫午时茶，有的人干脆就叫药茶。咳嗽、肚子疼、肚胀、中暑，冲上一包重五盐就好了。妈妈也从满田那儿学会炒重五盐，我们自己用，也送人。

妈妈和满田仔仔细细地说着话，像是两个远房亲戚似的，但一来二去，就像有了二两家烧打底似的，他们就有说有笑有长有短了。我想，要是让他们就那样说下去，他们会说个三天三夜。他们以前是一个村子的，还是里屋外屋，后来，妈妈嫁到我们村，满田则做了我们里屋的上门女婿。所以，妈妈就把他按娘家人叫，每次都叫他"表兄"，有时是"表兄佬"。可是，说着说着，满田会突然记起什么似的，边说就边往院子外走去。我们发现，爸爸不知什么时候已经不在了。他是村里少数几个节到了还挑着粪肥下地的人。

肉

○连俊超

风从北方来。

这是在年关急于赶路的风,在狭窄的街道上像个撒酒疯的醉汉一样横冲直撞,企图把我们从这条街道清理掉。明天风就可以心满意足了,因为这是年前最后一个集市,所有的卖家都在今天以低贱的价格打发掉所剩无几的存货。

我站在自行车旁,看守着父亲提过来的青菜。我的右手扶在车座上,我生怕手离开了车座,自行车就会自己跑开。我的弟弟在一个关门的店铺前打着陀螺,是木匠刘老头为他做的陀螺,他整天带在身上。他敞着棉袄,狠劲儿地甩动皮鞭,八岁的他已经显出乡下粗老汉的派头。

街很深,我看到提着一捆芹菜的父亲从人潮中漂浮上来。他把芹菜放在我身边,抬头看了看天,说:"看好菜,我再去割点儿肉。"然后转身又潜入人海中。我把芹菜拉到脚旁,也抬头看了一眼。天上没有阳光,黑灰色的风在奔流,把一群麻雀卷进了急流。所有麻雀的叫声都一样,我每天都被这样的叫声喊醒。但今天是猫把我叫醒的,它比麻雀起得更早,或许它一整晚都没睡。它昨晚肯定一无所获,清晨它在我床上可劲儿地舔我的手指,那里残留着昨晚晚餐的味道。腰肢苗条的白猫从我身边走开的时候,我睡意蒙眬的眼睛看到的仿佛是一条缓缓流向远处的纤细的小溪流。

父亲再次回来的时候,手里没有提肉,而是叼着一支烟卷。母亲跟在他身边,拿着一小捆韭菜和一块儿豆腐。父亲把买来的菜整理到车后座上,然后招呼弟弟过来,说:"走,回家。"弟弟绕着两辆自行车转了一圈,说:"你们买的肉呢? 妈说要包肉馅饺子的。"

母亲看了父亲一眼,脸上露出一丝难色。

父亲说:"吃啥肉? 把我身上的肉给你割下来一块儿吧?"

母亲走到弟弟身边说:"咱的钱丢了,过几天再给你买肉。走吧,回家,听话。"

弟弟往后退了几步,靠在那家店铺的门上,摆弄着手里的陀螺。我走到父亲身边,爬上了他的自行车前梁。母亲又看了父亲一眼,说:"要不你去咱姐家借她十块钱吧。"父亲没说话,转头环顾着四周,默默抽了几口烟。然后他把烟头扔进近旁的水洼里,掉转车头,骑上车,头也不回地说了声:"你在这儿等着。"

父亲带着我离开了集市。我从自行车前梁上伸头去看后座上买来的菜,我怕它们掉下去。我的频频回头招致了父亲的不满:"坐好!"我们的自行车拐了几道弯,走上了一条熟悉的街道,最后拐进了一个熟悉的家属院。我知道大姨家就住在三号楼的一楼。父亲停好自行车,对我说:"你看着车。"然后他拽了一下衣襟,拍打着裤子上的尘土走进了三号楼。

我似乎在长达数年的时间里都承担着为父亲看守自行车的责任。当我看着各色人等从我身边经过,以形色各异的目光看我一眼时,我觉得,我也是需要一个人看护的。我扶着自行车座,抬头仰望这些高楼。它们似乎都有倾倒之势,令我恐慌。楼阻挡了风的去路,风被圈在这个院子里,咆哮着四处乱撞。我听不到父亲在大姨家说话的声音,我希望他赶紧向大姨开口借钱。这时我听到了大姨的声音:"就你们家还吃肉呢!我们吃的还是素馅儿。"然后我听到一个声音,是手掌拍打在桌子上发出的声音。

过了一会儿,父亲出来了。他抱起我放在车前梁上,出了家属院,按原路返回。母亲和弟弟在原地等着我们。母亲问:"借了?"父亲什么也没说,掏出十块钱给母亲,等她买回肉,仍然一声不吭地骑车出城,朝家走。

风越来越急促地奔跑,它心急如焚,却不知道自己路在何方。阴沉的天空中云被吹散,像乞丐身上破旧腌臢的衣衫。父母并行地骑着自行车,都沉默着。弟弟提着那袋肉,此刻他已经忘掉了自己心爱的陀螺。几滴雨水落在我额头上,我说:"下雨了。"我们都抬起头望天空,我没看到雨,我看到父亲毫无表情的面孔。

我低下头,不敢大声呼吸。

弟弟一到家就欢呼起来,嚷嚷着要吃饺子。母亲说,明天才是大年三十。晚上父亲把肉放在竹篮里,然后把竹篮挂在屋梁上。全家人睡前都看了一眼悬在半空的竹篮,像瞻仰一位远道而来的圣人,然后我们才各自上床,安心地睡去。夜里我听到弟弟在大口地吞咽口水,嘴唇叭叭直响。母亲在黑暗的房间里问父亲:"姐借给你钱的时候咋说的?"父亲在床上发出点儿动静,似乎是翻了一个身。

我在长久的静寂中沉沉睡去了。当我在窗外一片明亮的雪光映照下醒来的时候,我听到母亲在门口说话。我走到屋门口,看见白猫死在地上,死去的白猫变得有些陌生。母亲说:"是刘柱家的吧,他们家也有一只白猫,咱家的可没这么肥,它怎么跑到咱家来了?不会是这时候叫春儿的吧?"这时弟弟发现了原本挂在屋梁上的竹篮滚落在屋角,竹篮里空空荡荡。父亲从白猫身上的一处烧伤认出了它是我们家的猫,他说:"这畜生撑死了!"

那个年三十的下午，我们把白猫拎到雪地里，为它刨了一个坑儿。父亲把白猫丢进土坑，它鼓胀的肚子使它看起来有着酒足饭饱之后懒洋洋的得意神气，它仿佛只是躺在温暖的阳光中惬意地睡午觉。弟弟把一铲土洒在它身上的时候，风从远方赶来，吹动白猫漂亮的皮毛，似乎要把这些肮脏的泥土从它洁白光滑的皮毛上吹掉。

1986 年落雪时分

○连俊超

清晨,雾蒙蒙。

雾蒙蒙的时候,我们干一些不想让别人看见的事情。那时我一定还在睡梦中,否则我会看见父亲赶着母猪和一群小猪崽子在雾中行走的情形。母猪一定对父亲的行为不甚理解,毕竟它已经在那个猪圈里待了多年,看着它的孩子们逐个儿被人捉走。那时,氤氲的雾气让它看不清远处,它只能在父亲藤条的驱赶下深一脚浅一脚地迈步。或许,它感到一丝隐隐的恐慌。它的孩子们哼哼叫着,向它抱怨。

父亲把猪从猪圈里赶出来时,在它的脖颈上狠狠地抽了一下,以示对它慢腾腾的不满。父亲很着急,他要在明亮的清晨到来之前,把猪赶出去。他尽量在雾中睁大无神的眼睛,但他仍希望雾气能更浓重些,即使人们和他撞个满怀也看不清他不安的脸庞。

父亲赶猪出门时,母亲问他了一句:"人家同意了吗?"

"同意了。"父亲小心翼翼地说。

我隐隐听到了他们说话的声音,但随即又被温暖哄睡。

父亲像管理一支纪律散乱的娃娃兵一样,赶猪走在冬雾笼罩的街道上。当把猪赶进一个小院子时,父亲松了一口气。那是一户人家多年前就废弃掉的院子,草木荒芜,房屋的衰败常常让我产生这样的幻觉:一个灰头皱脸的老太缓缓地打开房门,面无表情地、长久地望着我。我们经常故作惊慌地从院门前跑过,只敢从破旧朽烂的木板门外瞥一眼进去。后来我想,猪娃娃们在那个冬草杂芜的陌生院子里来回走动时,也许惊恐不安,浑身颤抖。

然而,父亲把猪赶进去时或许对那个凄凉的院子充满了感激之情。因为他可以放心地走回家,迎接即将到来的马兄弟。当父亲还是个小老板的时候,他就是我们家的常客,而当父亲一贫如洗的时候,马兄弟依然每年到我们家来——只不过把注意力放在了猪身上。他一踏进我们家的院门,就会急切地朝猪圈望去,甚至径直朝那里走去,关切地询问母猪的奶水、猪崽子成长的情况,仿佛一个离家多年的男人在关心家里妻儿的生活状况。马兄弟应当给予小猪关怀,因为当小猪长大的时候,他要理直气壮地捉去抵债。

然而,那个雾蒙蒙的清晨,父亲决心敷衍他的马兄弟了。他不能在来年春天两手空空地应付他大儿子的定亲大事。

马兄弟像往年一样在冬天的上午把自行车停在我们的院门口。他热情地跟父亲打招呼,眼睛却关注着靠近西墙的猪圈。但是他支起的耳朵并没有得到猪哼哼声的答复,因此他向西挪了两步。空荡荡的猪圈让他大惊失色。他惶恐不安地探脑往猪棚里望去,纷乱的杂草和寂静空洞的窝棚仿佛一门大口径的重炮,轰炸了他的内心。

那时,母亲的哭声从厨房飘了出来,穿过渐渐散开的薄雾在院子里飘荡。她凄惨的哭诉让我感到灰蒙蒙的天空也许再也亮不起来了。马兄弟对母亲的哭泣感到不解,父亲冷静地告诉他:“马兄弟,对不住,要让你白跑一趟了。昨夜里母猪和猪娃都让人给赶走了。”

马兄弟皱起了眉头,不安地蹀着脚步。

“怎么会呢?”他念叨着。

父亲把他请进屋坐下,叹了口气说:“村里冬天一直都很乱,咱家的院墙又矮。夜里我听见母猪叫，也没太在意，后来我听见小猪都叫了起来。我赶紧起来，看看是咋回事儿。我开门看见三个人正往院门外赶猪。那三人看见了我，一个人对我说'进屋去'，我就关上门进来了。"

马兄弟急得不行："他让你进来你就进来，你咋那么听话？"

我爹苦笑着，无可奈何地说："我不是听他的话，我是听枪的话。他手里端着一杆大猎枪呀！"

马兄弟四顾无语。

父亲也只顾抽烟。

他们沉默着，母亲忙活着，天阴沉着，北风刮着，我呆呆望着，望着情绪低落的天空。我隐隐地希望，北风能够把天上凋零的花瓣吹来，撒在村庄，纷纷扬扬。午后的北风越来越强劲，父亲一定怕突然下起雪来，但我已经看到了希望：沙粒一样的雪糁正在大地上摸爬滚打。

父亲朝院子里望了一眼，他眼神中的不安和脸颊上的焦躁让我感到自己罪孽深重：我召唤来了一场让父亲痛苦的雪。母亲说了声："下雪了。"马兄弟站起身，到门口仰脸张望。父亲的眼里燃起了希望。

马兄弟推车到门口时，大片的雪花飞扬散落。父亲不停地向马兄弟赔不是，马兄弟则很痛苦地跨上了自行车。父亲匆忙朝宽阔的村路两端望去一眼，雪花已经严密地覆盖了大地，没有一处漏洞。父亲望着马兄弟离去的身影，轻轻呼出一口气。然而，当父亲准备转身回家时，他的腿脚顿时僵硬了——

他清晨安置好的母猪领着它的娃娃们浩浩荡荡地回来了。它们哼哼着，一路小跑，从马兄弟的自行车旁经过，朝我们奔来。马兄弟停下车，回过头来。父亲低声对母亲说："别让它们进家。"说着便上前拦截。母猪调头钻个空子，朝家门冲刺，但门口还有我和母亲这道防线。父亲抄起一根木棍挥去，母猪躲闪开，围着大门口来回周旋，猪娃娃们叫唤着，在它身后跑来绕去。

父亲忙乱之中还不忘朝马兄弟那边喊一声："谁家的猪？怎么跑到这来了？"

马兄弟不吭声，坚定地站着。

北风呼号，雪花狂舞，母猪肥大的身躯显得尤为灵活。父亲胡乱叫骂着，挥动着木棍，跌倒又爬起，驱赶这头死心眼儿的猪。雪地被它们践踏得凌乱不堪，新的雪片落在裸露的土地上。父亲手中的木棍终于击中了母猪，它尖叫着在雪地里奔逃，小猪们紧随其后。父亲穷追不舍，似乎要把它们赶到天边，赶到另一个世界去。他那由于过度激动而扭曲颤抖的身体在雪中趔趄地奔向远处。

我忘记了那天父亲在雪地里跌了多少跤。但我那时觉得，小猪们摇头晃脑地跟随母亲在雪地里奔跑时一定很快乐，也许那是它们一生中难得的欢快时光。

1985 年的方便面

○刘会然

　　时间的沙漏倒转,岁月回溯到 1985 年的赣江之畔,一分酸楚夹杂几缕苦涩掠过我的心头。

　　赣江,江西的母亲河,她的温存哺育了在她两岸祖祖辈辈的优秀儿女。可她一次几十年难遇的"喷嚏"却让这些儿女们惊怵不安。

　　那时,我六岁,还是个懵懂的孩子。对于我,母亲河里的一切都是充满趣味的。可我一直纳闷,在水将光临村庄的时候,大人们为何要携儿带女纷纷逃窜。河水到家里来拜访不是更好吗? 省得父亲走老远的路去她怀里撒网捕鱼了。村里的长辈不是说,是这条河养育了我们这个村的祖祖辈辈吗?

　　当父亲撩起我的双臂,把我架在他背上往村后的高山上走的时候,我万分不乐意。我挣扎着要下来。父亲厚重的手噼里啪啦打在我粉嘟嘟的屁股上。

　　我们全村所有的男女老少和部分牲口挤在山顶的一个破庙里。雨不知道下了多少天。可看着河水一步步与村庄亲密接触,我心里特兴奋,我为河水轻吻我们的田园、房屋高兴。我想,以后再也不用跑到老远的河里游泳、嬉戏了,在我的房间、在我的床上就可以干了。可村里的大人脸色比天上的黑云还黑,特别是那些婆娘们,哭哭啼啼的。

我被他们哭烦了,对父亲说,我要去游泳找鱼儿玩了,父亲把我单只脚拎起来,像甩烟蒂般把我整个身体甩向破庙的一个墙角里。

数天后,水走了,我很感伤。我仿佛失约了一个童年久违的伙伴,整天病快快的。大人脸上的黑云飘散了,可这些该死的云却飘到了我的心头。

要不是听到"方便面"这三个字,我心头的黑云不知道氤氲到何时。

大人又纷纷拖家带口下山了,庙里一片狼藉,可回到家里,才知道破庙和家里相比简直还是天堂。土墙大面积崩塌,家里的桌子、凳子等也不知道逃到哪里去了。特别是家里那唯一的肥猪和两只大花母鸡也不知道流浪到哪里去了。我特别为母鸡感伤,因为母亲说过,明年我就读小学了,这只鸡生的蛋就是我的学费。可当我发现我床头以及我的一个抽屉里躺着几条鱼时,我的感伤像肥皂泡一样转瞬即逝。

正当我陶醉在和房间里的鱼儿嬉戏的时候,村主任贵生歪着他那麻花腿来到我家,他大炮似的嗓门儿朝正在清理厅堂的父母亲喊:"上面来通知了,国家会救济的,上面为大家准备了棉被、粮食和生活用品,特别是还会救济大家一些方便面,以渡过眼下的难关。"

我一听"方便面"傻眼了。长这么大还从来没有听过这东西,我蹿出自己的房间,准备问贵生方便面是什么,可贵生却歪着脚到邻居王大婶家去了。

"方便面""方便面",我整天默念着,对那些来串门的鱼儿也丧失了好客的热情。我整天心里就想着这三个字。当我来到村里晒谷场上的时候,我才发现默念这三个字的不只是我,还有三娃、五狗、瓶儿等一群伙伴。

他们讨论开了。三娃看我走来,问:"傻蛋,你知道什么是方便面吗?"

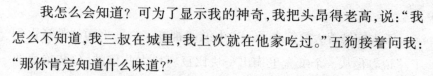

我怎么会知道？可为了显示我的神奇，我把头昂得老高，说："我怎么不知道，我三叔在城里，我上次就在他家吃过。"五狗接着问我："那你肯定知道什么味道？"

我语塞了，可我却乘机舔舔嘴角，吞了一口唾沫。丢下一句："就你们，说了也不知道。"我看到他们也跟着我吞唾沫。

回到家，我问父亲："方便面是什么味道？"父亲正忙着砌倒塌的猪圈。他用手一撇，说："别过来烦，一边玩去。"我只好无趣地走开。

这些天，我天天盼望贵生来我们家，只要他一来我就可以问他什么是方便面了。可贵生连影子都没有，我都到他家装有琉璃瓦的围墙边等了几回，可他好像遁逃了一般。

唉，方便面啊，方便面啊，我整天思忖着。一天晚上，我梦见自己吃方便面。我的整个房间都堆满了方便面，当然还有父亲期盼的棉被和粮食。方便面真好吃啊，吃得我肚子都撑痛了。撑得我醒来了，可醒来了，还是不知道方便面是什么样子和什么味道。我真希望我永远在梦里。

我发现村里的大人和我们一样都在找贵生，仿佛他一来，荒芜的家园就成了生命的绿洲。

在全村大人和孩子的期盼中，贵生大炮般的声音终于来了。贵生依然歪着脚，可我发现他今天嗓子特别亮堂，全身的新衣服也晃得我一阵眩晕。贵生大喊："上面的救济来了！上面的救济来了！"喊得我家厅堂上的一只正在修补破网的蜘蛛砸到了我头顶。

父亲赶紧丢下手里的活计，双手在衣服上摩擦，擦拭掉手心的污垢。母亲赶紧端了一杯热茶出来，让我羞愧的是母亲端来的茶杯嘴口豁了半边。

贵生没有接过茶杯，他朝我喊了一声："傻蛋，快去叫隔壁的王大婶来。"我匆匆奔去，匆匆奔回，一个趔趄竟然摔倒在贵生的麻花腿前。

王大婶挑着大箩筐来了。贵生说:"都来了,好,上面的救济也到了。"说着他从一个纸盒里掏出一块比豆腐块大几倍的、包装艳丽的东西交到父亲的手上。

"记好啦,"贵生说,"这就是上面救济的全部东西,两家共一包,你们自己去分好了。"父亲用低沉的嗓音问:"就这些?"贵生剜了父亲一眼,歪着腿朝屋外走去,我分明看到他的腿颤抖了一下,麻花腿走得比什么时候都僵硬……

乡间稻草人

○ 刘会然

在乡间田畴,稻草人是最常见的,在撒播种子的时节,在稻谷金黄的时节。微风吹拂,稻草人会远远地朝你挥手致意。

在鸟的眼里,稻草人是它们的最恨,稻草人待在一个地方一动不动,像主人忠实的奴仆,张牙舞爪。愤怒的鸟会用粪便作武器,像空对地导弹,把粪便狠狠地砸向稻草人的头顶,可惜的是不管导弹的威力有多么威猛,可就是射不穿稻草人头上的稻秸草帽,风一吹,稻草人依然舞动着长长的衣袖,迎风而舞。鸟很沮丧,只能远远地避着稻草人。

一次,我问爷爷:"鸟儿这么怕稻草人,难道稻草人有生命吗?"爷爷说:"谁说稻草人没有生命?"

每年谷雨过后,发出翠芽的谷粒就要被农民撒向平坦的秧床。春天的鸟儿历经寒冬的饥饿,会没命般扑向稻田。农民没有精力去和鸟儿战斗,农民找到了自己的代理人——稻草人去和鸟儿们斗,聪明的农民和鸟儿们打的是一场代理人战争,自己一年下来毫发无损。

每年早春,家家户户都要扎上几个稻草人。爷爷扎的稻草人总是全村最好的。爷爷每年冬天就要物色好扎稻草人的棍棒,爷爷说这是稻草人的骨骼,不能马虎。村里人都是很随意地选择柳树和陈年的松枝,爷爷选择的枯瘦的乌桕树或粗壮的木槿树。别人是弄好十字架后

— { **119** } —

往上面捆上稻草,胡乱地穿上不整的旧衣衫。爷爷说稻草是稻草人的肌肉,要有型,于是爷爷用藤条把稻草人扎得有型有肉。爷爷给稻草人穿上厚重的长衣衫,腰间还要别上锃亮的铁皮腰带。爷爷扎稻草人很慢,慢得母亲难以忍受,骂他是扎自己死去多年的婆娘。爷爷不理不睬,依然慢慢拾掇点缀。待把稻草人插在田畴后,爷爷才会心一笑。爷爷曾和我说过:"谁扎的稻草人好,稻草人就能赶走更多贪嘴的鸟儿。谁用心去打扮稻草人,稻草人还会远远和你打招呼呢。"每次,爷爷看到稻草人后都会眯着笑眼,这时我也会看到稻草人挥舞袖子朝爷爷呼喊。

爷爷说:"稻草人不吃不喝却忠实地守护着稻田,比有些人强啊!"每次爷爷经过稻草人身边,都会很耐心地帮稻草人整理被风吹凌乱的草帽和衣衫,有几次,我竟然看见爷爷和稻草人在窃窃耳语。

有一次,爷爷对村里一向慵懒的土根一阵大骂,骂的原因竟然是土根扎的稻草人松松垮垮的,没有一点人样儿。骂得土根莫名其妙。土根回嘴说:"稻草人不就是个吓吓鸟的傀儡,还讲究个屁?"爷爷愤怒了,跑到土根田里拔出稻草人就往家里走,土根是爷爷的侄子,一脸无奈地看着爷爷蹒跚离开。

第二天,人们发现土根家田里的稻草人比土根的婆娘都漂亮。土根二话没说,提起家里的一坛陈年米酒来到爷爷屋里。

爷爷离开我们也有十来年了,每次回到家乡看到田里的稻草人,我都会想起我那可爱的爷爷。如今,身处都市,很少见到富有灵性的稻草人了。

前些天,我和儿子到城郊散步,看到城郊有人竟然用些破损的塑料模特来赶鸟兽。可鸟儿一点都不惊惧这些缺胳膊短腿的模特。塑料模特的确很像人,可它毕竟只有人的型却没有人的魂,没有魂的模特怎能威慑到鸟兽?

稲草人的根基是泥土，乡土是稻草人灵魂皈依的所在。我想，稻草人永远只能生活在充满泥土味的广袤乡间。

想念那些草

○赵长春

我还不会说对不起，只是心里愧疚至极。

我会急急地冲进院子，冲到猪圈旁，将那可怜的几把草倒进去，在猪的哼叫声中掩饰自己。

还有暮色或者是淡淡的月色，也能掩饰我脸上的红，虽然我看不到，但烫热能让我感知。

当然，这些小把戏，躲不过父母的眼睛，虽然他们不说。

正是仲春或暮春，对于所有的生灵来说，那时的春天叫人对"荒春"这个词记忆深刻，可以说是刻骨铭心。

所以，吃不饱饭的人更无法兼顾猪了。所以，我们小孩子就多了个任务：剜猪草，或者说是挖草喂猪。

直到现在，我才明白家家户户养猪的真正含义，那实在是一笔大的进项，特别是到八月十五或者春节的时候。

可是，春上，猪崽被从集上带回家的时候，和人一样，要经受挨饿：刷锅水清淡得很！

所以，我们就去挖猪草。

游走在春日的田野，现在来说是一种幸福的事情，那时的我，感到更多的是风声和风凉，麦苗儿刚出头，有的田埂背阴处还有一坨两坨积雪融化后的湿润，与其他黄土相比，颜色深暗。田野一览无余，几株木杆撑举着三两根电线，被风弹拨着，铮铮地响，响声更衬托了风凉，我觉得风是有手的，拨弄着我的发梢，还有耳朵。

我还看到鸟儿们。最多的是麻雀，在电线上缩头缩脑，远望着，像几朵黑色的花，很朴素，但在蓝色的天幕下，很动人，这些鸟儿就在电线上唱歌、吵架、开会，或者沉默，自然而然地排列……

我喜欢看这些，甚至忘了时间已晚。

我还故意看那些草，草们都很小，很纤弱，甚至星星点点，一阵风似乎都能吹走它们。浅紫、淡黄、微红、薄绿，怯怯地在麦苗根部或者田埂上，细细地呼吸着。勾勾秧、拉拉秧、面条菜、灰灰菜，就这样被人命名着，被人随便地锄去，被我们拔到篮子里，带回家喂猪。

我喜欢看这些草，但我舍不得拔它们。我知道，一拔，它们就没命了，不能再长大了，不能长出更多的叶子更长的秧，更谈不上开花。

它们确实是有花，我小心地认真地看过，小得要命，那细细的芬芳必须跪下去贴近才能嗅到。

多好的草啊，多好的草们啊！有虫子上上下下，有蚂蚁们打招呼说话。它们会突然生动起来，从根部一波一波地传上来，那是蚯蚓调皮地挠痒，一定很痒。试想啊，脚底板儿是最痒的地方，根儿就是草们最痒的地方。

有一天，我和邻家的换姐打了一架。虽然她是女的，我还是把她压在了麦地里，十分难听地骂她——她把我还在看的一棵草拔了，下手很突然，从我的背后，忽地伸手，我听到了草在喊疼的呼救声！

可是那棵燕儿麦已飘落进了她的草篮里，小伙伴们都这样挖草，甚至先说它是麦子，不能挖，然后在你转身寻觅的时候，骗你者就急忙下手了——换姐就是这样的人。

燕儿麦像麦，草色比麦浅白一点儿。如果躲过小孩、大人的轮番拔除,而最终和麦子一起长到初夏的时候,它的果皮一簇簇地炸开,像张开的燕翅,而果实细长,黑色,有头有尾,如等比例缩小了几十倍的燕子。

那时候,我认识了多种多样的菜,就是不太会辨认燕儿麦,于是,换姐没少抢夺我的发现。

她说,你不挖满篮子咋回家呀猪咋吃呀你妈会打你的……她说话就如她挖草一样疾迅,不用喘气但字词依然分明。

我就不理她,去看另外的草。

草多好啊,平静地安静地生长着,匍匐在大地,春一茬秋一茬,一年又一年,绿了远山绿了天边。我甚至想,跟着草走吧,绿到哪里跟到哪里,看能到哪里。

小学四年级时,我还带着这个疑问,教我语文的老师说,能到你的家,从哪里出发还回到哪里。

语文老师会写诗,会为一朵指甲花被女孩们捣碎包指甲而哭,人们说他比我还傻。

我不知道我傻在哪里,我只是忘记了挖草,忘记了篮子还在地里就回家了,告诉母亲关于电线上麻雀们说的话。

我想,我少挖一棵草,草就多一棵,草就多活一天,草就会开花……

有时候,实在没有办法。我就在篮子底下支上树棍儿,虚虚的,扛回家。猪们像在欢迎你,声音很洪亮。可是我知道,实在对不起了。

——想念麦地的那些草们,它们还记得我吗?

还有换姐,我把她压在了麦地的时候,她并不恼,似乎还有些鼓励地按着我的背,头偏向麦子,脖颈上的那根血管,青青的,一跳一跳地。

河水冲走了一件花衣裳

○赵长春

　　河水淙淙,苇叶青青,阳光明明亮亮地泼溅在水面上,这是袁店河的一处水湾。水渐渐地过了脚踝,河床上布满了圆圆扁扁的石头,几尾十几尾小鱼儿悠闲地游弋。

　　菊花在岸边的几块青石板上洗衣裳。我在河滩上挖了脸盘大的坑儿。一会儿,坑里就渗满了水。我逮了几只小鱼儿在里面。鱼儿伏在细碎的白沙上不动的时候,我还可以看见天上的几朵白云在坑里游走。

　　菊花来洗衣裳总要叫上我。她说:"你在家里也没事儿,就跟姐去河上洗衣裳吧。"

　　我说:"我又不去洗衣裳。"

　　"我给你摸螃蟹逮小鱼儿,回来喂猫。"菊花给我讲着条件,我便跟她来到了这片河湾。

　　我不能走远。有时我刚钻到苇丛里,菊花的声音就颤颤地响起:"快回来! 快回来!"等她喊了一会儿,我顶着苇叶子帽儿从另外的方向跑了过来。

　　"吓死我了!"菊花的脸有些白。她拍了我的脸蛋一下,一股淡淡的皂角香味儿伏在我的鼻子尖儿,"你个小坏蛋!"

我很喜欢菊花拍我的脸,不轻不重,就像春风中的柳叶子拂过,凉凉的,润润的,爽爽的。她的手上还有一股香味儿,用来洗衣裳的皂角的香味儿,还有河水的香味儿、苇叶子的香味儿。

我说:"你的手真香。真的。"

菊花就将她的手放在我的鼻尖前。菊花有一双很美的手,我真想摸一摸。可是我只敢说:"叫我再闻闻。"

菊花就弯下腰身,一双大辫子从肩头左右滑下来,一双手就捧着了我的脸。菊花说:"姐叫你好好闻闻。"我的心"怦怦"地跳起来:我看见有两抹细白从她的胸口吐出来!她的领口的那两只扣子没有系上。

我咬了咬嘴唇,我想闭上眼睛。就在这时候,有人在远处喊了一声:"菊花,洗衣裳哩!"

菊花头也不回,又直直地踩在水里,哗哗地漂洗衣裳。我看见王卫东从柳林子里走过来,笑嘻嘻地。

"你来干啥?"我有些气恼地将一粒石子踢到水里。

"来玩。"王卫东回答着我的话,目光定定地搁在菊花的身上,"菊花,城里电影院演《少林寺》,去不?"

王卫东在城里看过电影。王卫东有一辆锃光瓦亮的自行车。王卫东戴手表。王卫东进城敢吃火烧夹牛肉,一下吃两个,再喝上一大碗烩面。王卫东有很多地方叫人羡慕。

"不去!"菊花回过身,还是气呼呼的。我看见她胸前的扣子扣好了。我就对王卫东说"我,我想去。我想去吃火烧。"

"想吃吗?"王卫东说着,嘿嘿地冲着菊花笑,"好吃的东西多着哩。"

我就走了过去。我说,我跟你去吧?

王卫东答应着,并不看我,但是拉着我就走。

"回来!"菊花大喊一声,"一会儿姐给你买糖豆吃。"

菊花是没有钱的。她不会给买糖豆的。前两天,货郎李从桥上摇着鼓儿走过的时候,我就说想吃糖豆哩。菊花说:"姐没钱。"我说:"你有钱。你不是刚卖了长头发辫子嘛?"菊花说:"我买纸了。"我说:"你买纸干啥?"菊花就红了脸,"贱话多。"

所以我知道菊花说给我买糖豆是哄我的,所以我就还是跟着王卫东走。菊花跑过来,水花溅了我们一身。她一把抓过了我:"回来!"

王卫东就松了手,嘿嘿地笑着走了。

菊花把我带回到那个水坑边,又气呼呼地洗衣裳了,一句话也不说。

河风刮过来。苇叶子刷刷地响。水波一浪浪地明明灭灭。我就看见菊花的泪流了下来。

一会儿,货郎李又挑着担子过桥了。他的担子花花绿绿的。我喜欢的是那个大玻璃瓶里面的五彩缤纷的糖豆。菊花看了看我,洗了把脸,把晾晒在绿草地上的一件花衣裳拿起来,喊住了货郎李……

晚上,我吃糖豆时,母亲问我糖豆从哪里来的。我说:"是菊花姐用头发换的。"母亲叹口气,说:"你多陪陪你菊花姐。"母亲说,菊花是个野孩子,一生下来就被扔在了苇草里。她现在的爹妈把她嫁给了王卫东。菊花不愿意。

那个夏天是我小学四年级的暑假。我与菊花姐向别人撒着共同的谎言:河水冲走了她的一件花衣裳。

她的那一件花衣裳很美。短袖。碎碎的黄花。闻着很香。

豆 酥 糖

○周波

那年秋天,我十岁,读小学四年级。

有一天,我挎着书包放学回家,母亲在院门外的老槐树下拦住了我。母亲说今晚陪你姨睡去,我愣愣地看着母亲不说话。

姨是个好人,姨的家离我们家只隔着几条小弄堂。弄堂是小镇的颈脉。我穿过弄堂去姨的家时感觉阳光不是很充足,还有几丝凉意袭来。

姨在房间里等我,姨说:"来了?"

"嗯。"我轻轻地答道。

"今天咋了? 平日里见姨不是挺开心的吗?"姨说。

我没说话,只是瞧了瞧面前熟悉的脸,放下书包走进房去。

"这是你睡的床,这是姨睡的床。这是你做功课的桌,这是姨织毛衣的椅子。"姨跟着进来解释说。

我不清楚姨为何要这么详细给我解释,我只记得母亲对我说,姨怕独居的黑夜怕黑夜里的风声。我跳上椅子,打开书包,唰唰地开始做作业。姨出去时在我的书桌上放了一包豆酥糖。我看见姨朝我笑了笑。

一晃几个月过去了,有一次我回家去。我中午每天回家的,只是

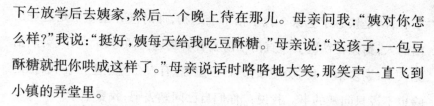

下午放学后去姨家，然后一个晚上待在那儿。母亲问我："姨对你怎
么样？"我说："挺好，姨每天给我吃豆酥糖。"母亲说："这孩子，一包豆
酥糖就把你哄成这样了。"母亲说话时咯咯地大笑，那笑声一直飞到
小镇的弄堂里。

　　姨每天很晚回来，这是我后来才注意到的。姨出门时一般都是八
点以后，在这之前姨只是洗衣洗碗织毛衣，有时还和我聊聊天。姨出
家门时天早就黑了，黑得连我也不敢外出。其实我不是怕黑，我是怕
弄堂里的狗，狗吠声让人胆战心惊。我一直纳闷，姨怕黑屋子怎么就
不怕弄堂里的狗呢？

　　有一天，姨带回来一个男人，那男人威武高大。我起先有点怕他，
后来姨对他说去买豆酥糖，姨说话时笑得像吃了豆酥糖一样开心。那
男人很听姨的话，给我买了一大包回来。我于是对他笑了。那男人从
未在姨的房间里过夜，因为我和姨睡同一个房间。我只知道我趴在桌
上写字时，那男人就坐在姨的身边看姨织毛衣。我睡觉时："听见姨
说该回去了，孩子明天还要上学。"

　　我后来和母亲说了那男人的事，母亲捂着我的嘴喊不许乱说。母
亲说："你姨命苦哩，刚结婚不久，你姨夫出海遇上风暴死了，孩子也
没留下。"母亲叹了口气，继续说，"你姨的命，真苦啊，你乱说话，会害
了你姨的。"我于是没再提起这件事，我怕姨知道了会打我，而我再也
吃不到豆酥糖了。

　　那晚姨又出去了，姨问我："一个人待在家里怕不怕？"我说："姨
你去哪儿？"姨说："外面办点事，晚上估计回不了。"我说："那我回家
去。"姨说我走了母亲就会一个晚上找她，因为母亲知道她怕黑。我
愣愣地看着姨，听不明白姨在说啥。姨最后给我拿了两包豆酥糖过
来，笑着说今晚多奖励一包。我从姨手里接过了豆酥糖。姨就走了。

　　我每天一早上学去总要路过几条弄堂，弄堂里的情景我早已熟稔于心，倒是快忘了老家。我不怕早上的狗，那时候弄堂里全是进进出出的人，狗拴在铁链上一直荡来荡去看着我远去的身影。可我突然怕见人了，姨多给了我豆酥糖后的日子里，总有人在弄堂里拦住我，他们啥也不说只问姨的事。我说："你们自己问姨去吧，我要上学。"

我一直没说弄堂里的事，那晚姨又出去了，她忘了给我留豆酥糖。第二天我忍不住把这事说了。姨的脸色一下铁青下来，姨的眼睛很长时间没动过。我从来没见过姨这种表情，在我的眼里姨一直是微笑的。后来姨蹲下身缓缓地向我打听弄堂的事，我噙着眼泪说我啥也没说。我看见姨长长地呼出一口气，边笑边哭地抱紧了我。

那晚姨把家里所有的豆酥糖拿出来放在我的桌子上，姨笑着说："全归你了。"我开心得不得了，我从来没想家里藏着这么多的豆酥糖，我可以吃好多天呢。

姨晚出的次数慢慢开始增多，我好几次一个人待在家中。姨说她找到好工作了，经常要上夜班。我对她上不上夜班没兴趣，那是大人的事，反正只要给我吃豆酥糖就行。姨看着我的嘴巴扑了粉一样黏着豆酥糖，就笑，姨笑起来更好看了。有几次母亲晚上突然来看我们，见只有我一人在就问姨去哪儿了。我对母亲说姨上夜班去了，母亲长叹一口气就没再问下去。可我从来没对母亲说姨晚上不回家的事，我知道这一说，豆酥糖就吃不到了。

那个男人后来我又见过几次，他还是不断地给我买豆酥糖。有一次我看见姨和那男人抱在一起痛哭，哭了很长时间。我拿着豆酥糖第一次没迅速拆开吃，我趴在桌子上听着姨和那男人在说话。姨哭着说："快走吧。"那男人抱着姨的头一直在唉声叹气。这是我最后一次见到那男人，那男人威武的形象一直留在我的记忆里。

每天早晨，我依然路过弄堂去上学。有一天，我突然不见了那条狗，那条铁链子也不知哪儿去了。我心慌慌地在弄堂里走过，我一直以为弄堂很暗，可那天弄堂里特别亮堂。

　　母亲来接我回去了。我说："我不回去，这儿有豆酥糖吃。"母亲说："姨不住黑屋子了，姨要走了。"我和母亲说话时，姨出来往我的口袋里塞了好多的豆酥糖。我对姨说："姨，你怕黑时我再来陪你。"姨笑了笑，说："你是个乖孩子。"

鸡 蛋 面

○周波

大清早，奶奶就在屋里嚷开了："吃鸡蛋面喽。"

熟睡中的我，像被针刺了似的突然睁开眼睛，一骨碌儿从床上跳将下来。

"别噎着。"奶奶说。

"嗯。"我捧着鸡蛋面边吃边说。

我当时读小学，正处在长身体的时候，我奶奶每天给我煮鸡蛋面。奶奶做的鸡蛋面又香又好吃。那时候，能吃上鸡蛋面是很不简单的事，家庭较富裕的才有这条件。

我读的小学离家有些远，每天上学，我喜欢结伴同行。石头是我最要好的同学，住在我家隔着一条小巷的地方。

石头也喜欢吃鸡蛋面，但没条件。石头吃的鸡蛋面也是我奶奶煮的。

清早，当奶奶那一声拉长的声音响起，石头也跨进我家的院子。我起床的时候，时常看见石头围在我奶奶身边，看我奶奶给我煮鸡蛋面。

石头其实是吃过早饭的，他只是喜欢闻鸡蛋面的香味。

我从奶奶手中端过鸡蛋面时，石头的眼睛瞪得灯笼似的。我经常笑石头那馋的模样。

"石头,奶奶给你也煮一碗?"奶奶说。

"我吃过了。"石头说。

"又是稀饭加咸菜吧?"奶奶不客气地说。

石头没说话,依然看着我吃。我抬头,看见他嘴巴一直在不停蠕动,沾满了湿湿的口水。

"石头,奶奶给你煮的鸡蛋面。"不知何时,奶奶又煮了一碗。

"吃吧,石头。"我微笑地说。

石头迅速放下书包,端着碗狼吞虎咽起来。

"别噎着。"奶奶又开始提醒。

石头和我家挨得近,因为从小在一起,两家的大人也走得不错。我妈和石头妈一直以姐妹相称,时常相互串门聊天。

那天,石头妈又来我家了。我看见石头妈的脸色有点苍白,她在屋内不停地和我奶奶和妈妈说着话。分手时,我觉察到石头妈有点不开心的样子,这让我有点疑惑。

我问我奶奶:"石头妈这是咋了?"奶奶"唉"了一声走开了。

我又去问我妈。我妈也"唉"了一声,然后,她告诉了我原因。我才知道是因为鸡蛋面的事。石头妈说,石头放学回家逼着要吃鸡蛋面,而她没能力每天给石头煮鸡蛋面吃,石头于是在家里闹。

"那叫石头来我家吃呀,吃完我们一起上学去。"我说。

"你不觉得每天在我家吃,石头他妈心里不好受?"我妈瞪了我一眼。

我不明白妈妈讲话的意思,反正,很长一段时间,石头没再和我结伴上学。这让我很孤单很失落。

有一次,在学校里,我对石头说:"你来吃鸡蛋面呀?"石头低着头说:"我妈不允许。"

133

不过,后来,石头又来我家了。我奶奶惊慌地说:"你妈知道吗?"

石头低头不语,好久,石头说:"我是瞒着妈妈偷跑过来的。"

我奶奶又"唉"一声发出莫名的感叹,然后,我奶奶给石头煮了一碗热气腾腾的鸡蛋面。

两家的不愉快是后来全面爆发的,石头妈在一个挂满露珠的清晨,发现了石头的行踪。当石头捧着我奶奶煮出来的鸡蛋面吱吱作响地吃着时,他妈妈突然出现在眼前。石头妈把那只盛满鸡蛋面的碗像瓦片一样扔出去时,我妈妈正从菜市场赶回家。

我妈妈说:"这是咋的,大姐?"

石头妈说:"谁是你大姐?"

我妈妈于是不语,在石头妈领着大声哭泣的石头跨出院子时,我妈妈对我奶奶下达了婆媳关系的第一道旨令。我奶奶又"唉"了起来,这次"唉"的时间特长。

这么些年过去了,石头妈一直没再和我家有过联系。那年,石头换了班级后,我也没再和他结伴上学过。我奶奶早去世了,而我一直记得她给我煮的那碗香喷喷的鸡蛋面。

放声大笑

○周波

我爸说,小时候,我特别喜欢笑。

我爸回忆:那年冬天,大冷。船上了滩。一整天,他将船篷用麻和着油灰捻了一遍。挑灯的时候,他赶回了家。

那天,家里来了客。是教我的班主任王老师。王老师是来家访的,一直等着我爸。

王老师问:"孩子在家里开心吗?"

我爸说:"很开心的,我出海在外,他妈管的多些。咋了?"

王老师说:"他为何要那样笑?"

我爸一脸惊奇:"孩子笑怎么了? 有什么不合适吗?"

王老师说:"他的笑声比别人大,太突出,太突然,带头破坏班里的秩序。而且,他的笑声很有影响力,搞得其他同学跟着笑,老师们无法上课。"

我爸的神情顿时凝重起来:"这孩子,莫名其妙笑啥呢?"

王老师又说:"老师们知道他不是无理取闹,可他为什么要笑呢? 有什么事情值得那么大声地笑吗?"

当时我幸亏躲在柴火堆里,要是在他面前,他肯定给我一巴掌。王老师说的没错,不好好上课,笑啥呢?

—— {135} ——

乡间稻草人

王老师离开我家时,千叮咛万嘱咐地让我爸妈管住我的笑,这么大笑是不对的。

后来发生的事是搁在鱼筐上的那条扁担引发出来的。王老师走后,气急了的他,把我从柴火堆里拖出来。"说! 干吗在学校里大笑?"我说我憋不住,使过劲儿,可还是笑了。我爸说,扁担打下来的时候,我一滴眼泪也没有,依然笑。我爸懊悔地说:"早知道你后来不笑,也不下重手了。你可真是把全家人吓死了。"

王老师再次来我家是在一个月后。当时,我爸已在滩上很郁闷地把那船通体上了两遍桐油。

王老师说:"孩子突然不笑了。"

我爸说:"知道。家里也正愁着呢。"

王老师说:"过去他整天放声大笑,不知怎么回事儿。现在上课时候,学生们东张西望看着他,觉得少了啥东西。昨天,班级里合影,所有的人笑得灿烂,只有他没笑。老师和同学们使出全部劲逗他笑,他最后也只是张了张嘴。没笑。"

我爸急着说:"家里也不笑了。邻里有小孩叫他一块儿玩,他也不去,放学回家就待在房间里折他的纸叠。孩子妈快急疯了。"

我爸说,那阵子,家里笼罩着一丝恐惧气氛。飘满鱼腥味的小岛上,家家户户准备着过热闹的新年。只有我家足不出户,整天愁眉苦脸地围坐在一起。

我爸依然进行着他的回忆。他是个不善言辞的人,可是,那会儿他憋足儿劲给我讲各种笑话。他说他至少给我讲了一百个故事,可我一个也想不起来。有点印象的是,他在我的床上挂了很多个用避孕套放飞的气球。我问:"我笑了吗?"我爸说:"没笑。"他倒是哭了。

后来我爸带着我去医院。不咳嗽不发烧没病去啥医院? 他请了岛上最好的医生。医生说:"孩子笑是正常的,不笑也是正常的。"我

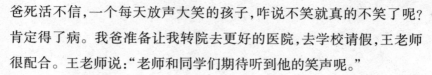

爸死活不信,一个每天放声大笑的孩子,咋说不笑就真的不笑了呢? 肯定得了病。我爸准备让我转院去更好的医院,去学校请假,王老师很配合。王老师说:"老师和同学们期待听到他的笑声呢。"

"后来呢? 后来我笑了吗?"我问。"笑了。"我爸说。

"我的笑声依然比别人大,太突出,太突然吗? 我还是破坏班里秩序的坏学生吗? 您还把我从柴火堆里拖出来用扁担打吗?"我步步紧逼地问。

"你一直好好的干吗要打你? 你也没得病,医生说都很正常。"爸说。

"那我怎么好起来的?"我疑惑。

"我带你去了海上,那是你第一次出海。你当时一声不吭,不过,下船时速度倒很利索。没几分钟,船舱内所有的东西都已让你玩摸了一遍。你拿着望远镜一脸笑容的样子,我至今记着呢。"爸说。

"我在看啥呢?"我好奇地问。

"你说你在看岸上的人,豆粒大的人全被你捉到了眼前,你当时很开心。你在船上不停地跑动,从这个舱钻到那个舱。吃晚饭的时候,船上的伙计们从海里钓上来一条大鱼,你高兴地放声大笑。"爸笑着说。

"我就这样笑了?"我问。

"是的,你笑了。"爸说。

吃 羊 肉

○邓洪卫

五年级的一天,我跟天平放学回家。天平的姐夫从后面跟上来,告诉我一个意外的消息,二品,你姐跟丁发谈恋爱了。

他怕我不懂,就认真地说,谈恋爱,就是丁发要成为你的姐夫了。

见我仍然发怔,他又比画着说,比如,我和天平的姐谈恋爱,后来呢,我就成了天平的姐夫。

我使劲地摇了摇头,说,不可能,我不要一个杀羊的做我姐夫。

天平的姐夫说,不管你要不要丁发做你的姐夫,反正我不能做你的姐夫,因为我已经是天平的姐夫了。

果然,我们在村口遇到了丁发。他远远地叫住了我,让我将一张电影票带给我姐。

我回家就将票递给姐。姐问,谁给你的?我说,丁发。姐淡淡地说,你去看吧。我高兴坏了,接过电影票就往街上跑。

丁发见我,有点惊诧,咦,你姐怎么不来?我说,我姐病了。他说,什么病?我说,感冒吧,有点咳嗽。他嗯了一声,说,你先看着,我上趟厕所。好一会儿,丁发才回到座位上,手里提着个塑料袋。

电影散场后,他把我送到我家门口,又将袋子塞给我,说,这是感冒药和止咳糖浆,让你姐姐吃下去,就不感冒,也不咳嗽了。我说好。

可他刚走,我就把感冒药扔了。止咳糖浆我没舍得扔,我以前咳嗽时,喝过这东西,味道甜甜的。我现在虽然不咳嗽了,但怀念那种甜味,每天舔一口,还是很不错的。

我姐还没睡,正在发愣。我走过去问,姐,你真的跟丁发谈恋爱了吗? 姐摇了摇头。我问,那到底是怎么回事儿呢? 姐叹口气说,都怪咱爸。

原来,姐并没有跟丁发谈恋爱。所谓的恋爱,也只是丁发的一厢情愿。丁发爱上了我姐,爱得有点痴迷。就在前天吧,丁发的父亲请几个人到他家吃羊肉喝酒,其中就有我父亲。酒至半酣,他父亲问我父亲,酒好吗? 我父亲说,好! 他父亲又问,羊肉好吗? 我父亲说,好! 他父亲再问,我儿子好吗? 我父亲还是一个字,好! 他父亲就说,咱俩做个亲家,经常在一起喝酒吃羊肉好吗? 我父亲喝多了,口齿有点不清,但还是说出了一个"好"字。

在场的另外几个人都说好,酒好,羊肉好,这门亲事也好! 最后,我父亲提着一条羊腿,醉里歪斜地回家了。他先做我母亲的思想工作,梅子嫁到丁家,喝不完的羊肉汤,也算福分。我母亲点头,说,也罢了,丁发这孩子还算不错。

可我姐并不同意。那时,她已经看上了同厂的一个青年小周。但我姐很孝顺,她不愿伤父母的心,同时,她也不愿让丁发难堪,所以就不置可否。

丁发家的羊腿不能老放着,得吃呀。那天中午,满满一大盘羊肉就上了我们家的餐桌。全家人都围过来,津津有味地吃起来。刚下班的姐也拿起碗筷,刚坐下,却猛地回过头去,从喉咙里发出了一声干呕。然后,她捂着嘴飞快地出了屋子。

母亲追出去。过了一会儿又回来,说,梅子一闻到羊膻味就呕。父亲嘴里嚼着肉,说,奇怪,多鲜美的肉,吃不出膻味来呀。

{ 139 }

我母亲也说，以前咱家也吃过羊肉，没见她呕呀。又问我，你说，她以前吃羊肉呕吗？我摇摇头，说，我记不清我们家什么时候吃过羊肉了。我父亲说，这可怎么办？跟丁家结亲，又不吃羊肉，这可怎么办？

那天晚上，我父亲去了丁发家。我也跟着去了。丁家屋里充满了血腥味，丁家父子正在忙着杀羊。我父亲说，这门亲事算做不成了，梅子她不吃羊肉。丁发的父亲说，是吗？羊肉这么好吃的东西，她怎么会不吃呢？我父亲说，她不仅不吃羊肉，而且一闻到羊膻味，就吐，吐得一塌糊涂。丁发说，那我们家就不杀羊了！丁发的父亲摇摇头，不行，不杀羊我们能干什么呢？丁发说，那就杀猪吧，她总不能闻着猪肉味也呕吧？丁发的父亲还是摇摇头，卖了十几年的羊肉，买主都熟了，不能改。丁发"当啷"扔了刀，蹲在地上，像一只待宰的羔羊一样发出绝望的干号。

我父亲很内疚，说，丁发，你别伤心，我会还你们家一条羊腿的。

丁发号得更凶，说，这是羊腿的事吗？这是羊腿的事吗？呜呜。

我姐和丁发的亲事就算过去了。那以后，我姐就真的不吃羊肉了。后来，我姐跟她喜欢的小周结了婚。他们相处和睦，生活美满。听说，小周也不吃羊肉。

那一年，我工作了。一天，姐夫和姐来城里看我，我请他们下馆子。我点了一盘羊肉。我们三人吃得满头大汗。吃着吃着，我突然想起来，说，你们不是不吃羊肉吗？姐夫突然笑了，说，其实，我是吃羊肉的，只是跟你姐结婚后，听说你姐不吃羊肉，闻着羊膻味就呕，我才不吃羊肉的。我问，你听谁说我姐不吃羊肉的？姐夫说，就是你们村那个卖羊肉的丁发呀，他一再叮嘱我，梅子不吃羊肉，你千万不要买我的羊肉呀！

说到这儿，姐夫很奇怪地问姐，你吃羊肉，怎么不呕了呢？

我姐什么话也没说，只是挑了一块羊肉，撇到姐夫的碗里。

与牛五家吵架

○邓洪卫

许多年过去了,我还是想不清楚,我家和牛五家的关系怎么就那么"恶",整天吵来吵去,要吃了对方一样。相邻共居的,磕磕绊绊能免得了吗?但是呢,毕竟太过分了。怎么也不能"仇人见面,分外眼红"呀。

有时候,我放学,背着书包跟牛小路一起回家。牛小路,就是牛五家的小儿子,我们俩一个班。还没到村口,就听见村里如"爆豆"一样的争吵声噼里啪啦地响起。我和小路本来有说有笑的,一听到声音呢,就低着头,顶着那种很难听的声音,各自贴着墙根儿闪回自己的家了。

我到家里,就摊开作业本,写起来。过了一会儿,声音似乎小了,我长舒了一口气。就见我母亲一头冲进屋,端起桌上的一碗水,咕咚咕咚地喝了几口,又跑出去了。争吵的声音,又如爆豆一样地响起。

我母亲常说,二品呀,你可得认真学呀,我们家被人欺负够了。说着,母亲的眼泪就下来了。母亲揩了揩泪,接着说你一定要考上大学呀,考上大学,离开这鬼地方,就不受这份罪了。

跟牛五家的战争,我家总是占不了上风。为什么呢?因为双方力量悬殊。牛五家两口子都加入战局,按我母亲的话来说,叫"像两条

— { 141 } —

狗冲过来"。而我家呢？只有母亲一个人奋勇抗击。我的父亲，那个温文尔雅的小学老师，从一开始，就对这场战争持反对意见。甚至，还会帮牛五家说话。

有一次，吵得正激烈时，父亲下班回来了。牛五的老婆拦住父亲说，胡老师呀，你就不能管管你老婆吗？太不讲理了！

父亲的脸上流淌着很和谐的笑。父亲说，是啊是啊，她就是这样的人，读书少，认死理，你们千万别跟她计较。牛五老婆立即蹿过来，对着看热闹的人群嚷嚷开了，你们听见没有，她男人都说她不讲理！我父亲见这阵势，赶紧一低头，回自己的屋去了。那边，我母亲对着牛五老婆破口大骂，你妈妈的，哄我男人，算什么本事？我男人是公家人，能跟你一般见识吗！

背地里，父亲经常劝母亲，让一让，不就过去了吗？母亲说，人活着，就为争这一口气，没这口气，还有啥活头？母亲就开始数落父亲说，有你这样的人吗？我那么冲锋陷阵的，你却打退堂鼓。

那时，大家都听刘兰芳的评书《岳飞传》，我母亲也听过几段。母亲就拿《岳飞传》说事儿。母亲说，人都要学岳飞，精忠报国，不能学秦桧，卖国求荣。如果整个国家都像你这样，早灭亡了。

母亲说着，仰起脸，眼睛里流露出力挽狂澜保家卫国的豪情。我父亲呢？仍然笑呵呵的。他这一点真好，总是那么笑呵呵的。父亲说，我反正不去吵，全村那么多孩子都是我学生，我跳上跳下、骂三骂四的，我还怎么去教育学生呀？父亲说着，开始摊开书，备课了。

母亲对父亲彻底失望了，她把全部希望都寄托在我身上。她说，好好读书啊，考上大学，为妈争口气，要是实在考不上呢，也要早点娶一个厉害的媳妇儿，帮我吵架呀。

后来呢，我就离开了响水河村，到县城上了高中，我耳根子清静了，再也听不到我母亲和牛五家的争吵了。但是呢，我知道，两家还在争吵着。再后来呢，我就真的考上了大学，毕业后到县城上班。我的争气无形中给母亲增加了底气，她抟着腰对牛五家吵：老天爷有眼，知道谁好谁坏，我家的儿子能考上大学，你家的呢？

去年，可能是秋天吧，我的母亲来城里，对我说，这下好了，清静了。我说，怎么了呢？母亲说，牛五和他的毒娘儿们都走了，同一天。母亲说，他们都得了同一种癌病，已经半年了。那天半夜，两人都疼得受不了，就打开一瓶农药，一人一半，喝到肚里了。第二天下午，才被人发现。那样子真恶啊，拧着眉毛，瞪着眼睛，青着脸，歪着嘴，仿佛正跟谁吵架似的。一屋子的人看着，竟没有一个人站出来为他们张罗后事。

我说，大路他们兄弟五个呢？

母亲说，什么呀？二路前年就得病死了，小路因为抢劫坐牢了，另外几个都在外面混，父母病了半年，他们离得远远的，从来不去张望一眼。那天，你父亲实在看不下去了，就给他们打电话，让他们回来送终。又过了一天，大路三路四路才陆续赶到了，到是到了，却你推我让，谁也不出头。你父亲又看不下去了，果断拿出方案来，让他们每家都出钱，才联系了火葬场。火葬场的车子来了，就要将老两口往车上抬。这时，你父亲突然一声大喝：孝子何在？你父亲的这声大喝，跟炸雷一样，将众人都镇住了。要知道你父亲一贯是眯眯带笑的呀。大路兄弟转过身，你父亲又大喝，跪下！大路兄弟都木木地跪下。你父亲说，你们父母养你们这么大，你们从未尽过孝心，现在人死了，魂还没走，你们也该赔赔罪。磕头！大路兄弟低下头，"咚咚咚"连磕了三个响头，然后在你父亲的指挥下，将父母抬上灵车。

母亲叹了一口气，说，牛五两口子，争强好胜一辈子，怎料到死后会那么冷清，几个儿子又是那么不成器呢！你说这是不是报应，啊？还有你父亲，一直总是面面瓜瓜的，可那天却威风八面、火气爆爆的，你说，他有这本事，怎一直不帮我吵架呢？唉，真是的。

水库边的芍药花

○非鱼

我与自己相遇在三十年前,那个叫观头村的地方。

布满石子的公路两边,青绿的玉米在微风里窃窃私语,它们的怀里,抱着籽大穗长的玉米穗子,缠绵柔软的缨子吐出很长。

我沿着这条路,一直走,拐过一个弯,走过一条长长的堤坝,就看到了从那头摇摇晃晃过来的自己:黑瘦的身子,光着脚丫,两条细长的辫子已经乱糟糟的,眼睛很大很亮,有人说像《城南旧事》里的英子。我端着一个旧的白瓷洗脸盆,盆里有小鱼小虾,还有半盆水。

就是这半盆水让我走起路来摇摇晃晃,要时刻小心把里面的水连同小鱼小虾一起晃出来。我的身旁,是同样瘦弱的娘,她歪着身子,胯骨上顶着一个硕大的竹筐,筐里满满地塞着刚洗干净的衣服。

同以前的很多次不同,我脸上挂着泪珠,鼻子还在不停地一吸一吸,把刚想流出来的鼻涕吸进去。娘说:说不能要就是不能要,那是水库的。

她在说芍药。我哭的也是芍药。

我到现在还一直怀疑那个地方是不是真的存在,是不是我为自己无趣的童年杜撰出来的。

一股山泉从青褐的石缝里流出来,经过几棵柳树,流进那个水库,清亮亮地滋润着一村老小。水库旁边,沿坡开掘出几块梯田,种菜、种瓜、种花,像世外桃源一样,灿烂、安静。

花只有一样,芍药。成片的芍药开放时,娇粉的花瓣,嫩黄的花蕊,碧绿的花叶,浓郁的香味,让人觉得实在太过奢侈。但那些芍药就那样一年一年奢侈地开着,而且面积越来越大。每当这个时候,我就盼望娘能去洗衣服,我可以跟去,偷偷地溜进菜地,去看那些娇艳的芍药花。

终于在那一天,我给娘提出了一个很尖锐的问题:我要花。娘说:那是别人的,有人看着。我固执地站在太阳地里,眼巴巴地看着那些花:我想要。娘说:不行。我张开嘴就哭,那是我觉得唯一可以说服娘的武器,但在那一天,还是没用。

我端着娘用兜里的馒头渣子和洗脸盆捞来的小鱼小虾,一路哭啼不停,我要花。那些小鱼小虾哄骗不了我的,它们虽然会很好吃,但怎么能跟那些漂亮的芍药花比呢?

在以后的很长时间,我像个啰唆的老太太,想起来就念叨,没完没了。娘终于被我念叨烦了:别嘟囔了,明年我给你种芍药。我细瘦的胳膊攀在娘的腰上:真的? 真的? 你说话算数。娘一扒拉我的头:算数。

第二年的春天到来之前,房檐上的冰还没有化完,娘说要去水库洗衣服。我吵着要跟,她说:冻死你,花儿又没开。娘不怕冻,她从来都是结实而无坚不摧的。

等到娘洗衣服回来,我看到她从竹筐下掏出一个白塑料纸包的小包,她说:你的花。我看到了两个像小红薯一样的东西,娘说:这是芍药根。

那个下午,我很卖力地搬砖、端水,娘在院子里垒起两个一尺见方的花池,一个花池里埋进去一个芍药根。我天天守着,眼看着绛红的嫩芽钻出地面,长成壮硕的花茎。

初夏到来的时候,我的芍药开花了。只有一朵,尽管小,但也和水库边的芍药花一样,娇粉的花瓣,嫩黄的花蕊,香极了。我高兴地围着小小的花池转来转去,手舞足蹈。我喊来所有认识的小朋友,让他们看我的芍药花。但只准看,不准摸,也不准闻。

一个拖着黄鼻涕的小孩突然说:这花是偷的。

我立即申辩:不是,是我娘种的。

黄鼻涕说:是你娘偷的,从水库偷的花根。

我扯着嗓子跟他争辩:不是,不是,就不是。

那群本来还很羡慕我的小朋友,这时背叛了我,他们家里都没有这样好看的芍药花,他们全站在那个黄鼻涕一头,异口同声地说就是我娘偷的。他们拖着长腔喊:你娘是个贼……我气愤极了,从院子里捡起一根桐树棍朝他们抡过去,他们跑了,但依然在巷子里高喊:你娘是个贼,偷水库的花……

他们的喊声让我很难过,我扭身拿芍药花出气,三下两下把那两棵花连叶带秆揪个精光。那朵娇艳的芍药,才绽放了不到一天,连同嫩绿的叶子一起,被我扔进了猪圈。

娘从地里回来的时候,我正坐在房檐下哭,看到她回来,我更放大了声。娘急忙问:怎么了?我冲她喊起来:花是你偷的,你是个贼。

娘没说话,扬起手给了我一巴掌,我的脸火烧火燎地疼,但嘴里还在喊,好像要把那些孩子吆喝给我听的全还给她:你是个贼,贼!

很奇怪,娘没有再打我,也没再搭理我。

后来,后来怎么样了?我不记得了。

院子里的芍药第二年又长了出来,比头一年更多,花朵更大。

我至今也没明白,当年的芍药花根到底是娘偷的还是跟人家要的呢?她一直没说。

这些都不重要了。娘不在了，院子里的芍药花不在了，水库边的芍药花也不在了，就连水库，也干了……

卫 河

○范子平

　　我的童年,打记事起,大半是在卫河畔的合河村度过的。一提起合河,都知道那座明代修建的石拱桥。古桥在村子的北口,古桥下就是生机勃勃的卫河水。中间的一大孔下河水最深,远看好像一块巨大的碧玉,带着几道略显泛黑的皱褶,静静地俯伏在那里,走近了看,又觉得是扯不完的绿缎子,源源不绝从桥洞口拽出来,平滑地向东倾泻过去。桥的东边河道豁然开朗,开阔的河滩长满丛丛荆棘和灌木杂草,到秋季枝叶斑驳红绿黄相间,十分好看。从河滩向河流走去,先是一汪浅水湾,再就是稍微露出水面的沙岛,再往里就是湍急的河流了。

　　卫河是我们小孩子的圣地,我们经常是一放学就到河滩去,在灌木丛里采野花,摘树叶,抽毛芽,逮蚂蚱,掏螃蟹……总之干不完的"活计",说不尽的乐趣。我们的队伍里,除了低年级的小学生,还有没上学的孩子,这里边就数我们胡同里的邻居麦香最懂事。麦香蜡黄的瘦脸,毛茸茸的黄头发,穿着方格打补丁的粗布衣服,和我一般年纪,但她是一个盲女。刚开始我很纳闷,没有眼睛咋走路呢?我学着闭上眼睛,但一种恐惧感马上就开始折磨自己,走不了五步就再不敢迈步了。可麦香敢,她耳朵和鼻子特别灵,敢在胡同里井边洗菜打水,会在家里做饭洗衣,在河滩的草棵子里来来往往竟也跑得开,有时也

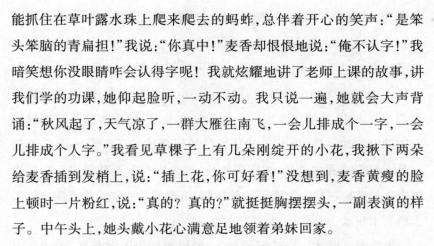

能抓住在草叶露水珠上爬来爬去的蚂蚱,总伴着开心的笑声:"是笨头笨脑的青扁担!"我说:"你真中!"麦香却恨恨地说:"俺不认字!"我暗笑想你没眼睛咋会认得字呢!我就炫耀地讲了老师上课的故事,讲我们学的功课,她仰起脸听,一动不动。我只说一遍,她就会大声背诵:"秋风起了,天气凉了,一群大雁往南飞,一会儿排成个一字,一会儿排成个人字。"我看见草棵子上有几朵刚绽开的小花,我揪下两朵给麦香插到发梢上,说:"插上花,你可好看!"没想到,麦香黄瘦的脸上顿时一片粉红,说:"真的?真的?"就挺挺胸摆摆头,一副表演的样子。中午头上,她头戴小花心满意足地领着弟妹回家。

听说麦香生下来不瞎,是刚一岁时患眼病耽搁的,没多久她娘也患病死了,她爹就说她克母,从小就不待见她。后来有了继母,又有了小妹妹小弟弟,更外待她,老是让她干这干那领弟妹忙嗒嗒的,可吃饭得先尽着弟妹。没想到我的两朵小花带给她了厄运,到家就挨了打——继母说头戴白花就是咒她死,将下小花摔地上踩个稀烂,还拿起擀面杖把麦香腿都打肿了,有一段时间麦香就没出门。我也因此挨了母亲的吵骂,心里着实内疚了好几天。

慢慢就淡忘了,毕竟是九岁的孩子家,再说转眼明亮的夏天到了,到浅水湾游泳又成了我们棒打不散的课外作业,成天一放学就三五成群到河边来。浅水湾里水是清澈透底的,离岸不远的地方隔二卯三还长着孤立的小草,那绿茸茸的小草把狭长的叶片伸出水面,却又舍不得似的向水面亲吻下去,和倒影相连画成一个椭圆的环。水草附近总有豆芽大的小鱼,银灰色的,成群结队向着一个方向,很潇洒地游动,倏尔一动,又一起转身朝着另外一个方向游,像是有口令似的。这里水不过一米多深,正好是我们的乐园,大家扑扑通通跳进去,狗刨腿,钻没影,打水仗,正玩得痛快,听见谁喊我,搭眼一瞧,岸上站着麦香。

我有些扫兴地出来,说:"你也想下水呀?"麦香说:"你再给我采

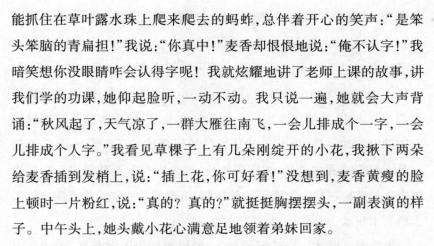

两朵花,给我插发梢上。"我害怕地说:"那不挨打呀?"麦香说:"花儿只有白色的吗?"我胆战心惊地采了两朵小红花,麦香接过来嗅了嗅,自己认真编进发辫里。她要我给她再讲讲卫河上来来往往的帆船。我挠了挠湿漉漉的头,说,你看,船当中立着大帆大布篷,风吹着帆带着船跑得飞快,把河水犁出一条大沟拖在船后,白生生的浪花冲向沟两边像撒珍珠一样,再后边就是晃荡的绿色波纹了。麦香说:"上船都是在码头?"我很奇怪,说那当然是,这儿再往东不就是码头?那边岸上一排老柳树拖一溜密匝匝的树荫,再毒的日头也凉快着呢!从岸上沿着木板就上到船上,我还上过呢。

麦香好一晌才说想趁哪天黄昏,偷偷跑到船上藏起来,跟船往海边去,还说她偷偷捡瓜子卖攒了三毛六分钱,给弟妹留下六分,三毛带上,还得带点红薯干路上吃。我问她去海边干啥,她微笑了,说要去找娘,找亲娘。死人也能找?我一下子愣了。麦香说她亲娘没死,是受不了爹打往海边跑了;说老做梦梦到娘;说到海边挨村问,不信找不到娘;找到娘就会给她治眼,治好眼就会让她上学。

麦香说得兴奋,两颊红红的飞满了朝霞一般,还从口袋里掏出一小把她采的紫蛋蛋果让我吃,那黄豆大的紫蛋蛋果酸酸的甜甜的,但那一会儿我吃得很沉重。

没过多久我家就搬走了,一走再没回过合河村,但好多年都是,一静下来碧绿的卫河水就仿佛滔滔涌来,波涛中总站着穿方格衣裳的童年的麦香。麦香到底去没去找亲娘呢?一直到现在我也不知道。

沙　路

○范子平

　　记得刚刚换下开裆裤的时候,随大人回老家去,爬上雄伟的古阳堤,第一眼印象就是,广阔的连绵起伏的沙土地,宛若滚涌的波浪,时有横着的沙沟发着深黄色彩,还有浅黄色的沙路,曲曲弯弯,时隐时现地伸向天边,仿佛是通向那绮丽诡秘的云画里。于是沙沟沙路,就成了我当时最强烈的憧憬。

　　好在本家叔叔大伯的小孩子很快混熟了好几个,岁数跟我都不差啥,大人们要我喊哥喊弟,我却很感兴趣地喊他们的名字"狗碰""羊娃""福娃",他们也声叫声应。我们便厮跟着上了古阳堤,大家齐发一声喊,争先恐后跑下大堤,一团烟尘卷上沙路。

　　一道道大小不一的沙丘从远处逶迤而来,横过沙路,路中间沙坡被马踏车碾弄得凌乱了,路边连接着路外的田地上,还是原始的形状,凹面都是细软的沙粒,平滑地铺在那里,阳坡星星点点闪烁着太阳的光。

　　欣喜地叫一声,我们便一起冲过去,赤脚踏上,像绒毯,像海绵,那样松软,沙土泉流一样从脚趾缝里冒出,又朝着脚面和小腿肚子围上去,凉凉的,痒痒的,舒心得很,忍不住弯下腰去,抚摸她,她便也抚摸你。她抚摸你,像是母亲温柔慈爱的双手;你抚摸她,像是抚摸母亲蕴着丰茂奶汁的乳房。太阳转过了东南方,明光光晃眼,田野是那样开阔,我们印在沙路上的影子渐渐缩短,沙路沙丘暖和起来了,渐渐有些烫脚了,干脆再赤脚蹚他几趟,听说能治脚气病呢,后来觉得乏了,便仰躺在沙路上,头枕着小沙丘,两手扒着细沙围住双脚,围住双腿,围住胳膊,围住整个身子,舒服得张开小嘴巴,露出小碎牙,额上沁出细细的汗珠。

躺足躺够了,还得想新点子,这么柔软的沙路,不玩个痛快亏得慌。狗碰说:"玩儿啥?"羊娃说:"碰拐吧?"碰拐是手扳起一条腿,单腿蹦跳着互相碰膝盖玩。狗碰一撇嘴说:"咱今儿埋寻吧。"词典里也许没有"埋寻"这个词,但童年的我们可都心向往之。那就是把一件什么东西在沙土里埋起来,另外几个人刨土寻找。开始是埋寻一根树棒棒,后来是埋寻小手巾。连着五六回,赢的一方总是刨沙寻找的一方,埋的一方总是输方。狗碰说:"得动真格儿的,埋钱!"埋钱?那时可不是现在,钱金贵得很,被派出来买盐打煤油(点灯用),家里大人一分一文都抠算得清楚,就是千方百计偶尔能偷偷藏起一分钱,往往也被大人搜兜兜搜去。我兜里是一枚一分的镍币,狗碰也是一分的镍币,羊娃没有钱,只有福娃是二分的镍币,是他娘让他买洋火(火柴)的。再一次"拳头剪刀布"决出顺序,然后大家背过身去,由福娃埋,埋过喊一声"好了",大家就扭过脸来,刨沙寻找。那两枚一分的硬币很快被翻寻出来,但福娃自己那二分的镍币咋着也找不到。开始福娃还骄傲地昂着头,故意不看我们,后来他也有些急了,说:"就在这儿啊。"也下手刨寻。一只只小手像是一把把红红的小搂耙,翻上翻下沙土乱飞。翻腾了好半天,竟然不见踪影,福娃一下子哭起来,说:"俺娘会打我的……"狗碰说:"甭哭,不会找不见的。"仍然不停地刨。福娃说:"要是找不见呢?"狗碰就说:"把我的一分钱给你。我打醋余下的,大人不知道。那一分我想法再打一回醋就成。"我也说:"不用的，我的一分也给福娃添上。"羊娃说："咱还得再找找呀。"也许是诚心感动苍天，这次福娃一下子抠出来，坐在沙堆上大口喘气，大家也都松了一口气。正在欣喜，狗碰手一指说："看，天混沌了。"

不知不觉间，原来万里无云蓝莹莹的天空早已苍黄一片，低沉的呜呜声从天边奔驰而来，这就是我们这儿常说的猛帐子风，带着强烈的气势，雄壮地唱起歌来。沙便兴奋起来了，急切地扑上去，伴着风舞蹈，拥抱着再也不分开，他们热烈的爱，充斥于天地之间，于是空中便响起愉快的呼哨，像是在召唤我们，又分明是推搡着我们，要我们参加他们的舞会，融进那疯狂的旋律里。我们的心情莫名其妙激动起来。也想和一首歌，一张口却被狠狠地噎回去。我们便在沙路上蹦跳。大风卷得均匀，铺天盖地全是沙尘，脖子里沙，衣袖里沙，裤襟里沙，口里鼻里都是沙，两眼可是一点都睁不开呢。我们手拉手坐在沙路边，任凭大风揪住我们的头发晃来晃去，任凭沙粒打得衣裤沙沙响。别担心脏了衣服，沙粒比肥皂还管用呢，脏的手绢埋进寻出，要不了几个回合，就干干净净的。就是在家里不小心弄衣服上的饭巴，经历这么一场裹沙带刺的猛帐子风，污痕便一点都不见了呢。

风小了，可以张眼四望了，沙路上的沙丘又一道道接着田野连成了风景，正想再玩的主意，狗碰说："快跑！"我一抬头，看见乌黑的云团盖上来，紧接着大雨珠子砸下来。还没跑几步，哗哗就下紧了。沙路贪婪地吮吸着雨点，松散的浮沙瓷实了，但还带着一点绵软，好像海绵上边铺了一层橡胶，跑起来特别舒服。虽然到家挨了大人一顿吵骂，但终生再不会忘记童年的沙路这段童话。

我家的黑眼儿羊

○范子平

那个色彩斑驳的秋天，山西的表舅来我家，从平车上卸下一个筐，说小胖，给你的。我过去一揭盖儿，一张长长的嘴伸出来，带几根胡须，是山羊！两个眼眶处像落上两块椭圆的黑叶片，熊猫一样，但那时可不知熊猫的。只见它伸出鼻子来嗅这嗅那，像条小狗一样有趣。我高兴得跳起来，但还没有落地，那个小山羊便从筐里跳出来，而且一发不可收，连着跳了几十下，似乎还不足于展示它的功夫，又径直跳到猪圈墙上，再一下就跳进猪圈里，把正在棚下侧着身睡觉的大花猪吓了一跳，花猪哼哼唧唧地起来，小山羊已经照它的肚子就是一下，那头一百多斤的花猪还在嗷嗷地抗议呢，小山羊又飞身跃出了猪圈。我高兴地问，公的母的？

表舅说，公的，在山岩上抓的羊羔子，才养俩仨月，野性大，留心别让跑了。

我叫它黑眼儿，把它关在家院里，不断地去外边薅青草喂。它可是一个典型的破坏分子，几乎没一分钟休息，不停地跑，不停地跳，跳上我做作业的课桌，踩坏我的作业本，跳上到我家里的棚上，弄得上边堆放的杂物咔嚓嚓乱响，还会沿着猪圈墙跳上我家的院墙，我正在下边捏一把汗，唯恐它掉下来摔死呢，它却在高高院墙上小跑着倏地来

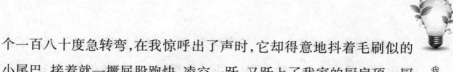

个一百八十度急转弯,在我惊呼出了声时,它却得意地抖着毛刷似的小尾巴,接着就一撅屁股跑快,凌空一跃,又跃上了我家的厨房顶。厨房顶是抹的麦秸泥,哪里经得住它这般跳远跳高?好几个地方被踩出了窟窿。爹几次气得拿起木棍要教训它,都被我拦住,只好自己上房又胶泥了一遍。我是独子,只要我坚决反对的事情,爹是不会做的。但从此上房胶泥厨房顶成了爹经常的作业,但每次完成后都要吵我,我成了黑眼儿羊错误的受罚者。我也曾多次把黑眼儿羊牵到厨房跟前,指着让看它造成的恶果,黑眼儿羊毫无认错的觉悟,总是不耐烦地一转屁股就跳开了。

我每天去上学,都要郑重其事向黑眼儿羊道别,黑眼儿羊似乎很理解,马上面向我立定叫上几声表示留恋。我放学回来,总是要拐个弯儿,割些嫩草回来,黑眼儿羊知道的,它一听我的脚步声,就兴高采烈地旋风般跑来,把我手中的草一把掠走,津津有味地咀嚼起来……

经过了冬春,转眼又到了夏,黑眼儿羊越长越大、越长越强壮了,脊背覆盖着缎子般的毛皮,一双尖角有力地耸在头顶。暑假里我常常带它出来。它精力充沛,在赤日炎炎下照样四处游荡,跑起来轻盈灵活,站那里威风凛凛,吃草之外,经常练习依托树木、沟坎的掩护去靠近、隐藏,时而一场爆发式的攻击,或者突然地奔跑逃离。每当有其他山羊、绵羊或者猪经过,它往往就淘气地野性地去攻击。后来我发现它对村里的狗也并不畏惧,反而颇有决一雌雄的精神,一见狗就勇猛剽悍地冲过去,弄得我拼命拽住套在它脖子上的绳索,常常弄出一身的汗。

那天村长家的黑狗过来了,村长家在村东头,但他家的狗今天在我们村西出现,这不是好事。我小心翼翼地把黑眼儿羊摁倒在路沟里,但是村长的狗向来是吃遍全村盛气凌人的,大约闻到什么气味儿,它小步快跑径直朝这边过来了,喉咙里还发出呜呜的威胁声,我正担

心，黑眼儿羊按捺不住一下子跳起来，平时很受村里人以及家禽家畜们敬畏的黑狗大概是没想到，一下子被黑眼儿羊的角抵住，横着一豁，呼一下豁出几米远，黑狗汪汪地叫着逃跑了。

许多人都很开心，小伙伴们都朝我竖起大拇指，我虽说有几分骄傲，可到底担着心，到家果然被老爹骂一场。村长的狗虽然不是村长，但还没谁敢来冲撞它。今天的事是不是有啥后果，谁也不敢讲。

村长果然来俺家了。就是没有提狗这件事，村长来也难有啥好事，村里人都知道要弄些好东西给村长，叫作花钱消灾。可我家有啥好东西呢？村长进了我家院门开门见山说你家养了野山羊？爹赔着笑，我说它初次见面不知道啊。堵在羊圈里的黑眼儿不知道啥时候蹦出来，一溜跑朝村长冲过来，只听得蹄声响，我连忙去拦阻也没拦住，村长转身就跑屁股还是被抵了一下。虽然我们担心很多天，但村长除了在大喇叭上吆喝几次"必须管好自家猪羊"外，就再也没上过我家的门。我搂着黑眼儿羊的脖子说，村长其实好人哩！爹看看我又看看黑眼儿羊，脸颊上也露出了笑意。

狗 撵 兔

○崔永照

虽是下午,夏日的太阳还很灼人。

我背着书包,拿着妈妈用布包着的刚出笼的四个馒头,从村子里的麦场走过。麦场上堆着一堆堆蘑菇似的麦秸垛,有几只鸡在悠然地刨食。过村口的小河,穿过一条林荫小路,爬了几十分钟的坡,才赶到夏山沟,我看见哥哥躺在树荫下的一块大石头上睡觉,有节奏的呼噜声摇得山响。羊像一朵一朵的白云在沟里慢吞吞地游动,优哉游哉地啃着肥美的草。

那年我十二岁,哥哥十四岁。几个月前,哥哥还和我在同一所学校读书。每个星期天,同学们都像快乐的鸟儿一样飞回家,可我却不快乐,有好几个星期天回家,发现父母总是眉头紧锁、长吁短叹的。

一天夜里,睡梦中的我,被嘈杂的话声惊醒,睁开惺忪的睡眼,看见父亲一口接一口地吸着劣质旱烟,呛得直咳嗽;妈妈在不停地抹眼泪;哥哥在一旁的矮凳子上坐着,低着头很痛苦的样子。听见父亲说家里穷,供不起两个孩子上学,就让我还去上学,哥哥去放羊,帮衬帮衬家里。哥哥哇的一声哭了,我的泪水也流下来,想说不上学了,让哥上学去,可我终究没有勇气说,我怕失学。

翌日,哥哥流着泪送我到村口,我听见村头小河的水呜呜咽咽,揪心地难受。

在学校里，曾经勤奋好学的我，有一段日子莫名其妙地厌学，总是偷偷地跟着几名老师经常批评的逃学、旷课的同学疯跑疯玩，更糟糕的是还迷恋上了看长篇小说，学业荒废殆尽。期中考试，我的学习成绩居然从班上的前三名，落到了后三名。开家长会时我诚惶诚恐，父亲的脸始终被失望的表情笼罩着，到家扔下几句话："期末再考砸了，就回家种地，你不是读书那块料。"我想记住他的话，可是一到学校，那几名同学一招呼，打惯扑克的手就直痒痒；一想起引人入胜的小说，思想又走了神儿……

我叫醒哥哥，说妈说你晌午没吃饱饭，让我给你送馒头。哥哥先催我读书，才拿过馒头狼吞虎咽地吃起来。我从破书包里拿出课本朗读，读书声弥漫了整个山坡，无意间发现哥哥出神地看着我读书。

第二天是周日，我嚷着要和哥哥一起去放羊，他答应了。这次是到西沟去，我家的黑狗"宝宝"也摇着尾巴跟着。天刚刚大亮，树叶上、草上都挂着晶莹的露珠，一会儿我俩的裤子就湿了，裤腿贴在腿上非常难受。羊群走过那些灌木丛、野草，它们马上变得鲜活起来，在羊的碰撞下不停地摇曳。忽然一只野兔箭一般从一丛灌木中射出，宝宝一惊，撒开四肢，身体一耸一耸地向飞奔的兔子追去。

哥，宝宝去撵兔子了，逮住了咱可有肉吃了。我拍着手欢呼。

哥哥看了我一眼，没有作声，身体向前一倾一倾，腚撅得老高，往山上攀。他那身打满补丁的破衣服，看得我压抑而又不安。只几分钟时间，宝宝吐着红红的舌头，咳咳的喘着粗气跑了回来。沮丧的它，瞅着哥哥不屑一顾的眼神，灰溜溜地跑到一边，跷起一只后腿撒尿去了。

哥哥这才开腔了，我知道宝宝的本领，它不是专门驯出来捕捉猎物的那种狗。它平时就看个家，是撵不上兔子的。末了，补充了一句，你上学也和狗撵兔一样，平时不好好学习，将来就考不上大学，啃不上白蒸馍,吃不上大鱼大肉。给我背几首唐诗听听!哥哥的话听得我怪不舒坦,咋把学习跟狗撵兔牵扯到一起,俗不俗?可我不敢犟嘴,低眉顺眼地给哥哥背了起来。中间我背错了一句,哥哥怒吼,你学习这么不用功,对得起谁?话到手到,一巴掌打在我的屁股上,疼得我直咧嘴。

回到学校,我画了一幅取名《金科玉律》的画:在一片绿茵茵的草地上,一只狗撒开四腿,奋力追赶前面的一只兔子。我把它放在书桌上,每当学习偷懒的时候、思想波动的时候,就看看这幅画,哥哥的话似又萦绕耳畔。我发奋读书,刻苦求学,期末考试成绩名列全年级第一名。后来我考上了县一高,学习成绩仍是一直领先。三年后的那个暑假,邮递员给我送来了大学录取通知书,哥哥兴奋得就像自己考上了大学,一路狂奔着去给父亲报喜,把脚都崴伤了。

大学毕业后,我成了一名机关公务员。哥哥还在那几分薄田里打转转。我时常怀着一颗感恩的心,想起那个周日的上午,浓浓的暖流总是漾满了我的胸腔,绵延不绝,历久弥新。

十二岁的油漆匠

○何晓

　　我的老家在四川东部的一个偏远山村里,那里一直很穷,而学费又很贵,女孩子极少有上到中学的。小学毕业后,我考上了县城的重点中学,非常固执地要去读,家里没有办法,就卖了一只柜子,为我交了学费。但初一升初二时,直到九月一号早晨,爸还在和妈商量要不要把新谷子卖了换学费。爸是上门女婿,事事都依妈。妈嘤嘤地哭,说谷子才三毛钱一斤,卖了也不够交学费的,而且,卖了谷子一家人吃啥? 通过土墙间两指宽的缝隙,我看到妈披头散发地跪在床头看着爸,爸蹲在床脚大口大口地抽旱烟。

　　我没有流泪,只是推开门,站在房檐下,对着远处光秃秃的高山大声说:"我要学个手艺挣钱!"

　　三天后,我办理了休学手续,成了油漆匠炳宽叔的女徒弟。刷漆的活儿在我们那里地位是很低的,油漆匠的身份也没法和木匠、砖瓦匠、篾匠相比。所以,别的匠人都好找徒弟,唯独炳宽叔连个帮手都没有。也正因为这个原因,给他当徒弟可以不用交拜师钱。

　　拜师的第一天上午,炳宽叔只让我看他干活儿。下午,炳宽叔就让我摸砂纸了。当时正是下半年,做家具准备结婚的人多,油漆匠的活儿多,主人家给工钱也爽快。本来当学徒期间是没有工钱的,但炳宽叔见我听话，手脚勤快，家里又穷，每次都要分一些工钱给我，有时几块，有时十几块。妈用这些钱买了头母猪，想靠母猪产崽把钱变活。爸一天到晚都在田里，几乎不和我打照面，偶尔碰到了，我叫他，他也不应。

春节过后，生意淡了，人也闲了，我就在家翻来覆去看那几本初一的课本。怕爸妈知道，我把背对着窗户。

三月初的一天，我正在家里给怀了崽的母猪切红薯，炳宽叔背着工具来找我，说有活儿了，去马家大院子给马老太太漆寿材。

寿材摆在院坝里的大榕树下，第一道工序还是炳宽叔拌灰，我打磨。拌灰是个技术活儿，干了稀了都影响效果，生手拌还浪费材料。打磨就是用砂纸把粗糙的寿材表面尽量砂平整，这样漆出来才光亮。我像往常一样，埋着头狠命地砂，一直不停地砂，直到炳宽叔说第三遍"好了"，我才住手。炳宽叔把拌好的灰给我，又去兑漆。我接着给寿材刮灰，把木材上的节疤处糊平。因为刚才用力过猛，我的脸通红，在这大冷天呼着热气，身上直出毛毛汗。炳宽叔兑漆用的是汽油，气味很呛人，一闻到，鼻子里就热辣辣的，很难受，眼泪也不由自主地往下落。炳宽叔见了，也像往常一样，摇着头说："造孽呀，要是坐在学堂里，哪要受这个罪哦！"然后，就喊我去旁边歇一会儿，他来上漆。我只等炳宽叔把话说完，就飞快地跑到院坝旁边的公路上去，面对着路边的菜地做深呼吸。

就在这个时候，传来一阵嬉闹声，特别耳熟。我转过身，看到远处走来三个我的小学同学，都背着鼓鼓的布书包，一边大声地说笑，一边用手起劲儿地比画，一副指点江山激扬文字的样子。他们在乡里读普通中学，当时大概是利用周末时间，结伴回家拿粮食。我想和他们打个招呼，可他们从我面前走过的时候，居然没有认出我，连头都没有转一下！我边取下帽子拍打着身上的灰，边死盯着他们充满激情的、自由的背影，直到他们转过弯去。

那一刻，长路如一根突然刺来的矛，击中了我的心脏。我不顾一切地往家里跑，什么都听不到，什么都看不到，只是下意识地不停地跑，直到一头撞倒了正挑水回家的爸。我拉住爸，如岩浆喷发般地吼了一声："我想读书啊！"

爸跌在院坝边上，满身是水，但脸上流淌的却是大把大把的泪……

这件事情发生在 1993 年，那年我十二岁。现在我已经大学毕业回母校教书了，我的学生也大都只有十二岁。

我常常有想告诉他们这个故事的冲动，但始终不敢开口。

他们会相信这是真实的吗？

野猪横行的日子

○夏一刀

我爹说,穷且益坚,不坠青云之志。我爹说,饿死事小,失节事大。躺在光席上,望着天上的星星,我爹给我们讲古人不为五斗米折腰的故事。

有一天,我捡了一块钱,立刻交给了老师。爹拿着我得的奖状,笑得合不拢嘴。爹说,西儿,好样的!

那一年,我九岁。

爹说归说,我们听归听,吃起饭来,我们三兄弟还是像地狱里逃出来的饿鬼。

那个时候,吃上一顿饱饭,是人生最大的梦想。

爹出早工回来,拖起一个土碗到锅里盛粥。站在灶边,爹嘴一嘬,呼噜噜一阵响,一碗水一样的稀粥就到了肚里。

母亲说,吃一点干饭吧,吃一点菜。

爹说,饱了饱了。就拍拍肚皮,坐在门槛上抽叶子烟去了。

爹抽完烟,到水缸里舀了一大瓢水喝下,就敲响了挂在门前枣树上的铁钟,带领社员出工了。

爹那时是生产队长。爹读过书,有文化。爹长得伟岸,爹是我们三兄弟最大的骄傲。

那时候,野猪横行。

开会的时候,爹问牛婆,牛婆,昨晚红薯地里是不是又来野猪了?

牛婆说,是的,夏队长,昨晚我和老虾、革命三人一起守夜,我们三人是轮流着睡呀,不知道那些畜生怎么还是把红薯拱了一大片,唉。

今晚轮到疤子和泥巴还有老狗守夜了吧?

是的。

那好,疤子、泥巴、老狗,你们三人晚上不要睡太死,听到没有?

疤子、泥巴和老狗点头说,是!

守夜归守夜,一个秋天下来,一大片红薯地还是被野猪糟蹋得差不多了。

爹对着县里来蹲点的干部说,没办法啊,野猪太猖狂了,您看今年的任务是不是少交一点儿? 要不,真的会饿死人的。

野猪不但糟蹋红薯,还糟蹋苞谷。

爹一遍又一遍地警告我们说,野猪的毛像钢针,一碰到人,就能把人扎成筛子;野猪的獠牙有一尺多长,能把人叉死;野猪用长嘴一拱,就能把人拱到半天云里;野猪跑起来像风,人怎么跑都跑不过的。千万不要到苞谷地里去,知道吗?

有时候我们走夜路,走着走着,背后好像有窸窸窣窣的声音,就想肯定是野猪蹑手蹑脚地跟来了呢,也不敢回头,心惊肉跳地走一阵,就突然狂奔起来。

我们害怕野猪,却未曾见过野猪,便极想看到。

我和哥说,哥,敢不敢去见野猪? 哥说,敢。

我哥比我大一岁半,却长得比我矮且瘦。我便和像弟弟一样的哥哥选了一个有月光的夜晚去看野猪。

仲夏的夜晚,有风。风拂着密密匝匝的苞谷林,叶片发出沙沙沙沙的声响。

我和哥各自手里拿了一根木棒，弯下腰朝着苞谷地深处走去。

果然，不一会儿，就听到不远处传来哗啦啦哗啦啦的苞谷秆相互撞击的声音和苞谷秆被折断的咔咔声。哥紧挨着我，吓得发抖，我的心也怦怦跳个不停。

我小声说，哥，我俩再挨近一点儿吧。哥僵在原地，死活不肯上前。做弟弟的我却突然冒出一股勇气，就甩下哥哥，朝发出响声的方向爬了过去。

那一夜月光如水。

我轻轻地、悄悄地拨开前面的苞谷叶，眼前的一幕让我呆如木鸡。

我爹在苞谷林中，疤子、泥巴、革命、老狗他们在爹的指挥下，疯狂地掰着苞谷，我爹再用脚把掰过的苞谷秆一根一根地踩倒。

爹赤着膊，挥舞着大手把掰下的苞谷集中在一起，一遍一遍地数，之后一个一个地数给疤子他们。

我看月光下的爹，竟如一个打家劫舍、杀人越货的匪首，那么龌龊、卑鄙、奸诈。

爹在我心目中的形象轰然倒塌，我的心被击得滴血。

我放声哭起来。

爹闻声过来把我一把钳起来。

我突然一转身，狂奔起来。我哥尖叫着，在我背后连滚带爬地跟着我。

第二天，我没有和爹说话。从此之后我不再和爹说话，碰到爹，我眼一低，侧身过去。

爹再也不呵斥我，有时三兄弟同时做了坏事，哥哥和弟弟都挨打，但我没事儿。

我拿了一把弹弓，恶狠狠地朝着枣树上的铁钟狂射。

爹坐在门槛上抽烟，一眼一眼地看我，看得出他想和我说话。但我不管。爹丢了一地的烟头，最后闷声走了。

学校"斗私批修"，我写了一篇小字报。

一个十分闷热的下午，蝉的叫声奄奄一息。县里和乡里来了调查组。大礼堂里挤满了人，会场里的空气令人窒息。

我爹突然从人群中站起来，他把搭在肩上的汗褂不慌不忙地穿在身上，脚步坚定地走上主席台。

爹说，别查了，是我干的。

跪下！县干部一声断喝。

爹跪下了一条腿。一个干部飞起一脚，将爹的另一条腿踢弯下去。干部叉开五指，将爹高昂着的头使劲按压下去。

汗像水一样从爹的身上泻下来。

我躲在角落里，看着哭泣的母亲，心头一片茫然。

晚上，我悄悄地躲在枣树下，不敢进屋。

突然，有人摸我的头，我回转身，看到爹赤着膊，穿了一件破旧短裤默默站在那里。

爹又伸手摸我的头。爹说，饿死事小，失节事大。西儿，你是好样的！

我突然一下抱住爹的腿，放声大哭起来。

白 荷 花

○秦辉

我上五年级那阵儿,无师自通地学会了画画。

那时,我整天躲在西屋,对着一些杂志的封面和插图临摹。她总是眯着眼坐在炕头上打盹,从不打扰我。

那天,我看到她盖的被子怪好看的,就照着画了一幅凤凰戏牡丹,然后用蜡笔涂了,平展在炕上。她慢慢地凑了上来,平日浑浊的眼睛放着光,问:"丫头,是你画的?"我说嗯。她又问:"以前都是黑的,这个咋红红绿绿枝是枝叶是叶的这么热闹?""是用蜡笔涂的,这个还不好看呢,要是用国画颜料涂起来才鲜艳哪!"她用手轻轻摸索着牡丹嫩黄的花蕊,说:"咋不用那个涂呢?"我拨开她的手,她的手很胖很粗糙,据说长这样手的人很笨,很拙。她便如此,从年轻,做不好饭做不来手工活。我说:"那种颜料咱这儿没卖的,人家二焕是她姑从天津捎来的。""那咋不让你娘老子出去给你买呢?"我把画卷起来,没理她。让他们去买,这不是找打吗?

周末,姐从单位回来,跟妈在外屋絮叨,好像是死了爷们儿的同事耐不住寂寞偷人时被捉。姐说,男的还在女的身上就被逮住了。妈叹口气,那女的也不容易呀。她大约听到,在灯影里骂一句,臭肉。然后铺了被子歪头躺下,在黑暗里翻转着身子。

隔壁的王三奶奶死了，送葬时孝子孝女跪了一大街，哭丧的唢呐吹翻了天，我瞧完热闹回家，她也搬了小杌子随在我后面。进了院，我拿树枝追院子里的小鸡崽，她就坐在太阳下，并不像平日大声地训斥我，只是一语不发。等我满头大汗地回屋，她也跟了进来。

我拿纸准备画画，她突然说："丫头，给我画张吧！"我问："你要画做什么？"她的嘴哆嗦了一下，脸上的皱纹也跟着紧了紧，她含糊着并未答话。我问画什么，她说："画荷花。两朵。一朵大的，一朵小的，两片叶子，一个在下面，一个在高处。画小点，像你巴掌这么大就行了。还有，叶子翠绿，荷花要白色！一样的要两张。"

我不解，问："干啥画这样小还要两张一样的，还有粉红色的荷花才好看啊。"她很坚决，说："丫头你不懂，一定要白的，白的干净。"

我先用铅笔画出轮廓，再用碳素笔描黑。然后拿了两块姐捎回来的酒心巧克力到二焕家，换来了国画颜料。二焕追出来，说："你可仔细着用。"我嘴上说，行；心里想，才怪。涂出来的荷花果然特别，叶子翠绿，花瓣粉白。那白，干干净净，像什么也没有。

她一直在旁边看着，我涂完颜色，把画放在桌上，她两眼一眨不眨地盯着那四朵洁白的荷花，喃喃自语："白荷花，白的……"

后来，她执意要回自己的家。我拎着她的小鸡崽送她到车站，她一只手掩着藏青色的偏襟夹袄，一只手用手帕捂着鼻子，两只小脚生风样走在前面。

她走后我再也没见过那幅画，一直到那天。

那天，有人捎信来，说她病了。下午，爸和妈去了她家。我放学回来，见门口围了一大群人。二焕挤到我身边兴奋地说："你家死人了。"

我来到西屋，她躺在炕上，紧闭着眼睛，灰白的头发胡乱散着。好多人都围着她，给她脱衣穿衣。在拉拉扯扯中，我竟然看到了那两幅画。它们粘在她的鞋子上，那双鞋子我见过，妈缝的，记得我还问这是缝的啥鞋，花里胡哨还带唱戏的红绸子，妈说是送老用的。我问啥叫送老，妈说你长大就懂了。那画沿图案轮廓剪下来粘在鞋尖处，两朵荷花，一朵大的，一朵小的，两片叶子，一个在下面，一个在高处。叶子翠绿，荷花洁白。

她是我的姥姥，妈五岁时，姥爷舍下母女俩远走河南，后寄回一纸休书。她誓死不走，在一间不足二十平方米的土坯房中，从青丝守到白头。

黑匣子

○秦辉

　　我放下书包,将灯点亮。她照样坐在炕头的黑影里,瑟瑟地摸索着。我知道,她又在摆弄她的黑匣子了。

　　从我记事起,那个黑匣子就常年放在她炕上的枕头旁。匣子漆黑锃亮,长方形,顶部雕着好多花,那些花被她摸得没了形状,一点儿都不像花了。黑匣子用一把金黄色的铜锁锁着,钥匙在她放衣服的大木箱里。姐妹几个,她最疼我,可也从没让我打开过。

　　有一次,她在外面晒太阳,姐鬼鬼祟祟地趴在窗台上向我招手,我进屋。姐趴在我耳朵上让我放哨她拿钥匙。我不干,姐就骂,不信你个死丫头不闷事儿,肯定是早瞧了里边儿的东西。我推开姐,你瞎说,连妈都没看过里面是啥,我哪里能瞧到。姐叹口气,这倒是真的。

　　确实,除了她,那只黑匣子从没人打开过。妈说,这个黑匣子是在姥爷去河南的第六年,也就是妈十一岁时,她才有的。只知是别人留给她的,至于里面是什么是谁给的,她都没跟妈提过。

　　我到灶间拿了一个窝头,放了一筷子虾酱,又折了一根大葱。一边吃一边摆弄姐给我的那些邮票。

　　灯影里又传来她的嘟囔声:"丫头,那人真像你姥爷啊那鼻子那眼那会笑的嘴角。"我继续吃我的窝头继续看我的邮票。"真的,丫头,太像了,是你姥爷他回来看我了……""别说了!"我狠狠地咬掉一口窝头大喊道,"这些我都背熟了,不就是你只做过一次贼因为我妈在炕上饿得哇哇大哭吗? 然后你摸黑去了大屋的偏房,偷了两个菜团,不就是你走时踩到他了吗? 他长得跟姥爷一模一样,浓眉玉面,嘴角翘着总像在笑,不就是他受了伤,你把他拖到墙旮旯,盖上草席,拿菜团给他吗? 不就是他活了命,给你留了张条子吗? 说去台湾,你倒是找他去啊。你去啊。"

她并不辩解,只用手哆哆嗦嗦地去拿了匣子,说:"丫头,你不懂,我早晚要走的……"

我不知她所说的走是去哪里,去河南找姥爷还是回她自己的家。

姐要出嫁了。前一晚,送走了亲朋好友,妈收拾着亲戚们送的点心、糖果和布料。我跟姐躺在炕上瞎说话。姐说,妹,你觉得那个黑匣子里装的是什么呢,是不是金条和洋钱啊。我说,你出毛病了吧,要真是也早用光了,你不知那时妈她们过得多难吗? 姐说,也是,大姥姥、三姥姥每天骂糊涂街,那些脏心烂肺的舅们更是往外撵,她们要是有钱早搬外边儿去了。妈把我拉起来,别瞎猜了,快睡去吧,明天还得起早呢。

迎亲的队伍天不亮就来了,姐的嫁妆都贴着鲜红的喜字,被面红红绿绿的煞是好看。我穿梭在人群里,好不快活。妈说,快去换你的新衣服。我跑到西屋,发现她坐在炕头,从一团乱蓬蓬的线里找线头,她的头深深地低下去,几乎要钻进那团线中去了。我问她咋不出去瞧热闹,她说,丫头,我是半边儿人,出去不吉利。

后来,我问妈啥叫半边儿人。妈说,就是两口子,缺了一个的。

姐到底没看到黑匣子里面的东西,姐带着遗憾离开了。姐出嫁后的第十天,她回了自己的家。不久,她病了。妈和爸又把她接了回来。

她的病好像很重,好多人都来了,忙里忙外的。姐也从婆家赶了回来。

　　黑匣子跟她的衣物全都扔在柜角上,那把钥匙从一件藏青色的夹袄中垂落下来。姐从人群里出来,背着身飞快地把钥匙抽出来放在衣袋里,用夹袄把黑匣子裹了,然后把我拉到了没人的地方。

　　我和姐兴奋得满脸通红,姐把钥匙插入锁眼。黑匣子开了。

　　匣子里层也是黑红色的,光滑细腻,匣底放着一张四四方方的纸。

　　我和姐展开,上面是一些字,很模糊。只能看出那两个最大的,休书。左面的年代,已经远得看不清了。

冰　棍　儿

○秦辉

小时候,我很馋,且能吃。

据妈妈说,半斤重的白桃我一次能吃仨,成人巴掌大的螃蟹我吃它一双,一个足球般的西瓜从来不用别人帮忙。至于冰棍儿嘛,这个因为每次都是我用自己的压岁钱买,且都是背着家人偷偷消灭,所以妈妈说她没法统计具体数字。

当蝉儿藏在枝叶间吱吱乱叫时,卖冰棍儿的便踩着点儿登台亮相了。

他们三三两两骑着加重自行车,车座后带着一个长方形木箱,木箱上通常盖着厚厚的小棉被,棉被外裹着一层塑料布。嘴里似喊非喊,像唱又不是唱,长腔短调,满村生响——"冰棍儿,冰棍儿,小豆冰棍儿,解渴带凉的冰棍儿……"

卖冰棍儿的都是各村没有地的闲人或是早早退了学的孩童,他们好像有个不成文的规定,不在本村卖。西村的去东村卖,东村的来西村卖。可能是怕在本村不好收钱或是难为情吧。到冰棍儿厂批发了,再走街串巷地去叫卖,赚这中间的差价。

这一声声抑扬顿挫的喊唱后,有孩子的家里便随之生出各种声响,大人的呵斥、小人的央求、开抽屉、翻炕席……而后便跑出各色人

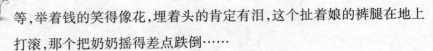

等,举着钱的笑得像花,埋着头的肯定有泪,这个扯着娘的裤腿在地上打滚,那个把奶奶摇得差点跌倒……

卖冰棍儿的一看乐了,嘴里的话像串起来的糖葫芦:"我说大嫂啊,大热天的就给孩子买根儿呗!""别急,别急,多着哪!""小家伙,快回家要钱去,我在这儿等着。""啥?啥?要啥样的?小豆的还是奶油的?"……

记得那时最普通的冰棍儿是一种黄色的,长条状,二分钱一根;再贵一些的,就是小豆的,五分钱一根;还有一种奶油的,一毛钱一根。

我经常吃的就是二分钱一根的,五分钱小豆的吃过几次。一毛钱奶油的只吃过一次,确切地说,那不算是吃。

那次,我买了冰棍儿往家走,正看到村东头的二焕。她手里也拿着一根冰棍儿站在我家的东墙前,我用眼一瞥,不会吧?竟然是奶油的!为了证实,我走上去定睛细看,颜色是白的,而且外面用一种带蓝色图案的纸包着,没吃猪肉,却常看猪跑。真要命!果然是奶油的。

我闻到了一种不同于黄冰棍儿的味儿,香得诱人。她慢吞吞地吃着,不,不是吃,而是用舌头一点一点地舔着。舔一次嘴里就会呼出一口气来,那气,也香得馋人。

我拉着她坐在墙角边,一块冰棍儿吃完,我也打听到了她这块奶油冰棍儿的来历。原来,前几天她在天津的姑姑来了,给了她十块钱,她娘扣下八块,给了她两块自由支配。

她呼出一口气说,这两块钱我全吃了奶油冰棍儿,你算算,能吃多少块?

我没搭理她,用袖口抹了抹嘴巴,头也不回地走了。

回到家,我感觉自尊心受到了严重的伤害。凭什么?凭什么她吃奶油冰棍儿?她家的穷在村里数一数二,她娘经常来我家借洋火,有时借两根有时借半盒。按学习,她追不上我的脚后跟儿。可她竟然在吃一毛钱一根的奶油冰棍！这是啥概念，她吃一块就等于我吃五块！还说把两块钱全吃了！那不就是二十块吗！也不怕撑着！

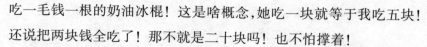

于是，我找出了钱包，翻翻还有一块八。我拿出一毛飞快地跑出去，顺着喊声找到了卖冰棍儿的，把钱一伸，要奶油的！卖冰棍儿的小眼一眯，丫头，奶油的没了，要小豆的行不？我连连摇头，丧气地走了。

第二天，下雨了。

雨一连下了四天。

第七天，终于等来了卖冰棍儿的。

我举着奶油冰棍儿一路向东，小跑到了二焕家门口。我也想让二焕看着我一口一口把这根奶油冰棍儿吃完，不，是舔完。

她家的门关着，我不敢进去，二焕有个疯哥哥，常常用土坷垃打人。于是，我在门口大声叫，二焕，二焕。没人答应。我又跑到她家房山上，用脚咣咣踹，踹得我两脚生疼，也没声响。看看手里渐渐变软的冰棍儿，望望天上的太阳，我咬紧嘴唇，心想，不能吃，不能吃，一定得让二焕看到。

可那要命的奶油香味直往鼻子里钻，我真有点忍不住了。

我继续在二焕家门口徘徊，继续一声声叫着"二焕，二焕"。

不知多久，二焕家的邻居东海哥从公社下班回家。看到我，说，别喊了，就二焕她聋爷爷在家，二焕跟着她爹娘去天津给她疯哥看病了。

东海哥说这些话时，我手里的奶油冰棍儿正化作汤汁，顺着我的胳膊肘一滴一滴地流到地上。我赶紧把棍儿放在嘴里吸吮干净，然后，哇哇大哭。

右侧页边竖排文字：冰棍儿

脚印里洼着几只蝌蚪

○李国军

阵雨来时一点预兆也没有。

夏天急骤的降雨对于身为孩子的我来说永远是一场匆促的遭遇战。战争总以我的彻底失败而告终。每次冒雨跑回家,我都成了落汤鸡,而我并不以为失败。怕什么呢,来一场淋漓的大雨正好洗个痛快澡。光着身子在阶沿上跑上几个来回,原先湿透的衣服多半就干了。我可明白着,夏天的雨看起来凶巴巴的,又是打雷又是闪电的,却像山猴子样没有耐心,狠狠地追过一刷子,见野地里没了人影,也就垂头丧气地溜走了。

大雨一走,不又是我们小孩子的天下!

那天下午,大雨来时我正在塘埂上放牛,一个闪雷在头顶炸响,一片墨云就遮住了天空,还没反应过来,豆大的雨点已经凶狠地砸在头上。

大雨挟裹着大雨汹涌而来,老水牛却一点儿也不急,不管我怎么拉缰绳,它还是慢吞吞地踱着方步,不时地,惬意地打两个响鼻,甩我一身的水。

牛是庄稼地的功臣,可不能怠慢了。我就是胆大包天,也不敢扔了缰绳自己跑,只能随着老水牛的性子慢慢往家中走。人家老水牛根

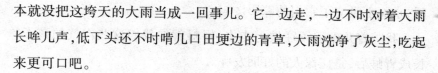

本就没把这垮天的大雨当成一回事儿。它一边走，一边不时对着大雨长哞几声，低下头还不时啃几口田埂边的青草，大雨洗净了灰尘，吃起来更可口吧。

又一个闪雷在头顶炸响，大雨好像给老水牛的悠闲惹得恼怒了，分外疯狂起来。四周只有很响的雨声，打在荷叶上，像擂着千百面鼓。野地里什么也看不见，我抹了一把雨水，眼睛还是睁不开。

刚才出坡时田埂上一块干硬的土坷垃撞得我脚趾生疼，这会儿，路上却早变成了汪汪的泥塘，一脚踩下去，黄泥淹没了脚背。我深一脚浅一脚在大雨里牵着走着，后边是依旧对大雨无动于衷的老水牛。

等我终于把老水牛拴进圈里，头上已经擂了四次鼓。我脱下衣服走到屋檐下，大雨还没有停下的意思。院子里四周淌着泛黄的水流，连掉在地上的桉树叶子也给这平地洪水卷走了。

又为了明天节约了一次扫地的时间呢。我拧着淌水的衣服高兴地想。

第二日又是个大晴天，大雨洗过的天空更加明澈，鸟儿的叫声比往日更加清脆悦耳，空气中发散着洁净的幽香。早饭过后，我哼着儿歌上坡打猪草，路过昨天的田埂时，惊奇地看见田埂中央洼着的脚印积水里游着几只小蝌蚪。我高兴地叫着，俯下身数了数，一共三只，旁边老水牛深深的蹄印里还有四只。青蛙妈妈也太粗心了，肯定把这脚印当成了小池塘。它不晓得，太阳一出来，脚印里的水就会给晒干呢。

我在路边摘了一枚桑树叶子，撮成一个圈，小心地舀些清水盛着，把七只小蝌蚪轻轻放进去，双手捧着桑树叶，将它们放进了几十米外的池塘里。

桑树叶子慢慢在池塘里散开，小蝌蚪们摆着尾巴游走了，只一

—{ **177** }—

瞬,水面上没有了它们的踪影。

　　我哼着儿歌继续往坡上走去,蝌蚪就像我们这些淘气的孩子,长成青蛙后,是庄稼人的好朋友呢。

喊　魂

○徐建英

从我记事起,湖村人有意无意爱跟我说:你是你爹捡的!

他们说:那日潘河上跑水,鱼跟着泄洪道往潘河下溢,你爹拿着叉在河下叉鱼。那天你爹的运气特别好,岸上摆了白花花一大片。就在这时,上游漂来一只大木盆,盆中放了一个漂亮的女婴,你爹当时就扔了鱼叉,鱼都顾不上要,把你抱回了家。

这个版本初时我并不相信,我们湖村的大人吓唬细伢时,最爱说那个谁是从哪儿哪儿捡来的。但说的人多了,说的次数多了,我忍不着问我娘:我当真是我爹捡来的不?娘听了当即怔了一下,神情很不自然,但她随即哈哈大笑起来:你个傻二丫真是捡来的呢!娘接着又说,你爹当时叉了一天的鱼,累得乏,一路抱你回家时手都酸了。

我姐大丫此时靠在门外捂嘴偷笑。

娘见我嘴巴翘得高高的,停了笑,作势找扫帚要打大丫。大丫吓得赶紧往外钻。随后娘对我说,二丫你真个是傻丫头,我都生了你大丫姐,还捡你这丫头片子作甚?你是我亲生的呢。

我立时破涕而笑。

但大丫从此没事时老爱冲我喊:二丫,二丫,你是爹从潘河捡来的野伢子,嘻嘻……

我很生气,几次找大丫打架,但每次都输。

那个卖冰棒的跛子再来湖村时,我偷偷把大丫晒在太阳下的新凉鞋提了出去。然后在大丫哭着找新凉鞋时,我伙同大胖娟子他们躲在屋后吃冰棒,叽叽喳喳地笑得不亦乐乎。

娘找到我,盯着我红通通的嘴,又看到屋后那堆冰棒纸,脸色铁青。在她转身找扫帚时,我赶紧和大胖娟子他们一起从后院门溜了。

大胖说:你娘逮上了,准揍扁你!

娟子说:二丫你别难过,我悄悄听到我娘跟人唠话时说,你爹把你从潘河捡来时,你娘哭了很久!捡了你,她就不能再去生儿子了。

我很难过。整个下午,我就躲在潘河的河湾里,玩水、摸鱼、捉虾……到娘找到我时,天都黑透了。

晚上娘还没来得及揍我,我就头痛,发烧,说胡话。连着几天在卫生站打针吃药都不见好转,每晚高烧说胡话得厉害。娘整夜整夜地抱着我哭,最后在奶奶的劝说下,娘提了一大堆礼物背着我去村头找神婆"三相公"。

娘从前不信"三相公",一向都绕着她家走。

"三相公"把我放在椅子上,又翻开我的眼皮细看,随后手指头在指节上点点掐掐,最后说我被潘河中的淹水鬼缠了身,丢了魂。

娘信以为真,返家就把鸡蛋煮熟,剥开蛋壳绕在我脸上来回滚圈。又把油灯剔亮,在我枕头底下放一把剪刀,然后和"三相公"一起去潘河,迷迷糊糊中我听到娘的声音从潘河传来:二丫哎! 你在潘河吓了魂呀——

迷糊中我也听到"三相公"的声音:回来了呀!

听见娘又叫:二丫哎! 你在潘河吓了魂呀——

"三相公"又答:二丫回来了呀!

唤声越来越近,娘走近我的床头,轻轻地把怀中的什么东西放在我的心口，掖紧被窝，轻拍着：我的二丫在这儿，我的二丫回来了喽！

我在迷迷糊糊中眼泪却淌湿一大片枕头。早听别人说：细伢子在野外失了魂，只有亲娘唤才能把魂魄招回来，别人喊，会把魂魄吓跑，而细伢子也就没命活了。而我，是爹从潘河上捡来的野伢子！

潘河边又传来娘的声音：二丫哎！你在潘河里吓了魂呀——

"三相公"的声音接着又响起……

那一夜，娘的沙哑的声音在潘河边来来回回响起，直到天亮，直到我迷迷糊糊睡熟。

因为这场突来的病，我逃过了一通海揍。但大丫从此记上我偷她凉鞋兑冰棒的仇，更甚地冲我喊：二丫，二丫，你是爹从潘河捡来的野伢子，嘻嘻……

我不甘示弱，也冲着她喊：大丫，大丫，你是爹从潘河捡来的野伢子。爹那天拿着叉在潘河下游叉鱼，那天运气特别好，岸上摆了白花花一片，就这时，上游漂来一只大木盆，盆中放了两个女婴，一个叫大丫，一个叫二丫，嘻嘻……

娘在院中里听到，边作势找扫帚，边比比画画地打着手语——娘自那晚为我喊魂后，声带就拉坏了。因为娘听"三相公"说，就算不是亲娘，只要娘心在，魂魄都是能喊回来的。

干 娘 树

○杨汉光

我小时候多病,母亲迷信,就请算命先生给我算一算。算命先生说我命里缺木,需要认一个木命的女人或者一棵大树做干娘。我家门前就有一棵大树,认作干娘再方便不过了。

母亲挑了个吉利的日子,带我到大树下,将写有我的名字和生辰八字的红纸贴在树干上,就算是把我托给大树做儿子了。母亲让我烧香磕头,请干娘保佑我一生平平安安、无病无灾。

自从认了大树做干娘后,我的病真的越来越少。那时不知道这是随着身体发育,抵抗力不断增强的缘故,还以为是大树在保佑我。

村里还有十几个孩子学我的样,也来认这棵大树做干娘。每当过年的时候,我们这些树儿树女们一字儿排开,给干娘烧香拜年。

干娘一身都是宝,浓浓的树荫给人送来阴凉,树皮是治疗腹泻的良药。树上则是孩子们的天堂,干娘年年结出黄豆大的果实,满树都是,又香又脆,我们亲切地叫它"炒豆"。

有一次,我爬到高高的树顶摘炒豆,不小心掉下来。如果摔到地上必死无疑,幸好掉到一半时,一丛浓密的枝叶奇迹般地托住我的身体,让我有惊无险地从鬼门关重返人间。母亲感叹说:"是干娘救了你一命啊!"我们特意杀了一只鸡来拜谢干娘,可惜干娘不会吃。

在干娘的庇护下，我平平安安地成长。没想到，干娘的厄运却来了。我小学毕业那年暑假，一帮城里人来到村里，竟然要将我家门前这棵大树挖走。我赶紧把树儿树女们叫来，十几个人手拉手把大树围住，不让城里人动我们的干娘。还有人搬来了村主任，请他把城里人赶走。

让我失望的是，村主任竟站在城里人一边，他说把这棵树移植到城里去，让更多人欣赏，那是我们的福气，别人有树想移植，人家城里人还不要呢。

我大声问："这是我们的干娘啊，把她挖走，以后过年我们到哪去拜干娘？"

村主任笑了："你们可以到城里去拜。如果你们的干娘有知，不用挖，她自己就高高兴兴跑进城了。你们想想咱村里的人，如果有机会到城里去享福，哪个不是做梦都偷笑？"

听村主任这么一说，我们的人墙就瓦解了。失去保护的干娘，只能听从城里人宰割。城里人整整忙了一天，才把大树挖起来，用大卡车运走。他们留下一个大坑和一堆树枝树叶，听说要砍掉一些枝叶，大树才能种活，可我总觉得这些枝叶是干娘的头发和手臂，剪掉头发还可以，连手臂也砍断，这不是太残忍了吗？

第二天，我邀几个兄弟到城里去看干娘。我们的干娘已经被运到公园里，种在最显眼的地方，一进门口就看见了。这个公园是新建的，从乡下移来很多大树，干娘是其中最大的一棵。城里人不但给干娘浇水，还将一张黑色的大网盖在她的头上，给她遮挡火热的阳光。看见城里人这么爱护大树，我们就放心了。

暑假结束后，我到城里读初中。一办完入学手续，我就跑到公园去看干娘。公园已经有人把守，必须买两块钱的票才能进去。

我又见到了我的干娘，她的头上已经没有黑网，树叶几乎掉光了，烈日烤着枯枝,树根的泥土已经晒得干裂。我问守门人,为什么不给这棵大树盖遮阳网,守门人说:"它死了。"

我再问为什么不给大树浇水,守门人不耐烦了:"树都死了,还浇什么水?"

我的心都碎了:"不,她没有死,树皮还没有干,她一定能活下来。"

我要给干娘浇水,可身边并没有水,只有一个水龙头在大门外面。我跑到大门外,从地上捡起一只塑料袋就去龙头接水。当我提着一袋水要进门时,守门人却拦住我,要我买门票。我说我是为公园的树浇水的,为什么还要买门票。守门人说,他不管我干什么,只知道进一次门就要买一次票。没办法,我只好再买一张门票。

我就这样来来回回提水浇树,每进一次门就买一张票。买到第六张票时,我身上没钱了。我把水袋递给守门人,请他把水倒到树根去。可任我怎么哀求,守门人都无动于衷,直到我流下眼泪,他才很不情愿地接过水袋,随随便便地将水泼向树根。守门人连塑料袋都没有还给我,更别指望他再帮我给干娘浇水。

我必须请人来救我的干娘,我在城里一个熟人也没有,只好跑回村里搬救兵。乡亲们却说,不就是一棵树吗,死就死吧。连那些曾经在大树下烧过香的人,也不肯跟我进城,他们准备另外认一棵大树做干娘。父亲更是大发雷庭,说我再敢离开学校乱跑,就要打断我的腿。

我不得不回到学校上课,任由干娘在烈日下煎熬。好不容易等到休息日,我从学校里出来,直奔公园。可是,公园里已经不见了干娘的身影,另一棵新种的树取代了她的位置。我问那棵大树到哪儿去了,守门人说,被一家砖厂运走了。

那家砖厂在城外不远,我以最快的速度赶到那里,想再看一眼干娘。这是一家小砖厂,全厂只有一座土窑,土窑旁边堆着很多木头,木堆上却并不见我的干娘。我问砖厂的人，从公园运回那棵大树放在哪里，一个烧窑工说："正在窑里烧着呢。"

我的干娘在窑里燃烧，再也看不见了。窑顶上冒出一股黑烟，那是干娘苦难的灵魂，随风飘回故乡。